호감 받고
성공 더!

# 호감 받고 성공 더! 2

인기영 장편소설

초판 1쇄 찍은 날 § 2017년 4월 24일
초판 1쇄 펴낸 날 § 2017년 5월 1일

지은이 § 인기영
펴낸이 § 서경석

편집책임 § 김경민

펴낸곳 § 도서출판 청어람
등록번호 § 제387-1999-000006호
등록일자 § 1999. 5. 31
어람번호 § 제1-2683호

주소 § 경기도 부천시 부일로 483번길 40 서경B/D 3F (우) 14640
전화 § 032-656-4452 팩스 § 032-656-4453
http://www.chungeoram.com
E-mail § chungeorambook@daum.net

ⓒ 인기영, 2017

ISBN 979-11-04-91305-1 04810
ISBN 979-11-04-91303-7 (세트)

FUSION FANTASTIC STORY

인기영 장편소설

호감받고
성공더!

2

# Contents

# Liking 13

각성

2세트가 시작되었고 서브권은 시나리오극작과 쪽으로 넘어왔다.

정지훈은 자신이 서브를 하려다가 김두찬에게 공을 넘겨줬다.

"두찬아, 네가 서브해."

그러자 김준호와 강대식이 못마땅한 표정을 지었다.

밖에서 지켜보던 심진우도 한마디 했다.

"지훈아, 왜 그래! 저 새끼 그냥 쌩호구라니까! 족구의 지읒도 몰라, 저거! 그냥 네가 해!"

"진우야. 이거 그냥 친목 도모 게임이야. 그렇게 열 낼 필요

있어?"

"끄응……"

정지훈의 한마디에 심진우가 입을 다물었다.

대신 부리부리한 눈으로 김두찬을 쏘아봤다.

그 눈빛이 마치 실수라도 하면 가만 안 두겠다고 말하는 것 같았다.

"서브해 봐, 두찬아."

정지훈이 빙긋 웃었다.

'또 날 물 먹이려고.'

김두찬은 정지훈의 속셈을 다 알고 있다.

자신이 서브도 제대로 넣지 못해 웃음거리가 되길 바라고 있었다.

하지만 그건 정지훈의 오판이었다.

'네 생각대로 움직여 주지 않아.'

김두찬이 허공에서 공을 놓았다.

한 번도 서브를 해본 적 없는 그지만, 1세트를 겪으며 상대편이 어떻게 서브를 넣는지 지켜봐 왔다.

E랭크의 기억력이 그 동작 하나하나를 사진 찍어내듯 기억했다. 물론 시간이 지나면 사라지겠으나 단기적으로 무언가를 떠올리는 데 확실한 도움을 줬다.

만약 기억력의 랭크만 높았더라면 고작 동작을 기억한 것만으로 서브를 제대로 넣긴 힘들었을 터였다.

그렇지만 지금 김두찬은 체력을 S랭크까지 올리면서 반사 신경, 민첩성, 근력, 지구력, 그리고 고양이 몸놀림이라는 특성까지 얻었다.

로나는 고양이 몸놀림이라는 것이 고양이의 유연성을 비롯, 여러 가지 특성들을 김두찬의 육신에 적용시키는 능력이라고 했다.

김두찬은 공을 꽂아 넣을 곳을 흘깃 바라본 뒤, 기억 속의 서브 동작을 그대로 따라했다.

그러자 그의 눈이 공을 정확하게 포착하며 몸이 자연스레 반응했다.

빵!

김두찬이 더없이 가볍고 부드러운 동작으로 공을 찼다.

그야말로 군더더기 없이 깔끔한 동작이었다.

그의 발에 맞은 공은 날카롭게 날아가더니 그가 원하던 지점에 낙하했다.

탕!

"받아!"

상대 팀들이 쉽게 받아내기 힘든 외곽, 게다가 코트의 선 안쪽에 아슬아슬 떨어져 밖으로 튕기는 공이었다.

"으압!"

수비 홍근원이 힘껏 몸을 날렸다.

하지만 공은 그의 발을 벗어나 코트 밖 지면을 때렸다.

삐이익!

심판이 휘슬을 불고는 크게 소리쳤다.

"시나리오극작과! 2점!"

족구 룰 중에는 서브 시 상대편이 원 터치 이하로 실점하게 되면 2점을 얻게 된다는 것이 있다.

그만큼 서브에서 원 터치 이하의 실점을 받는 경우는 드물다.

그런데 이번 게임에서 한 번도 나오지 않았던 상황을 김두찬이 만들어냈다.

"우와아아아아아아!"

"멋지다, 김두찬!"

"두찬아~ 짱이야!"

시나리오극작과에서 환호성이 터져 나왔다.

반대로 연기과 쪽은 조용해졌다.

상대 팀 선수들은 넋 나간 얼굴로 김두찬을 바라봤다.

"쟤 뭐야?"

"1세트 때는 꿔다 놓은 보릿자루처럼 있더니."

"작전이었나?"

갑자기 변해 버린 김두찬의 모습에 그들은 혼란에 빠졌다.

반면 김준호와 강대식은 김두찬에게 다가와 양쪽에서 어깨를 때렸다.

짜작!

"윽!"

"뭐야? 좀 하네?"

"근데 왜 비리비리하게 그래? 긴장했었냐?"

"어? 어, 좀 긴장했었나 봐."

"이제 좀 풀려? 죽이는 플레이 한번 하자."

"응."

김두찬이 빙그레 미소 지었다.

정지훈은 그런 김두찬의 모습에 속으로 이를 갈았다.

'저 새끼 진짜 뭐야.'

평소 같았다면 속이야 어쨌든 김두찬에게 잘했다고 칭찬하는 모습을 연출했을 텐데 지금은 그럴 마음도 들지 않았다.

정지훈과 달리 김두찬은 엄청난 희열을 느끼고 있었다.

사람들이 자신을 보며 환호했고, 같은 팀원들이 칭찬을 해 줬다.

그것도 운동을 하다가 말이다.

'이런 거구나. 이런 기분이구나.'

김두찬의 눈앞에 보너스 포인트를 124나 얻었다는 메시지가 떴다.

김두찬이 코트 밖으로 시선을 돌리니 시나리오극작과 학생들의 호감도가 전체적으로 소량 올라 있었다.

뿐만 아니라 연기과 여학생들의 포인트도 상승했다.

'좋아, 할 수 있어!'

방금 전의 서브 공격으로 김두찬은 자신감이 생겼다.

다시 한번 그에게 공이 주어졌다.

지금 이들이 하는 족구 룰은 1세트씩 서브권을 가지고 가며, 한 사람이 계속 서브를 해도 상관이 없었다.

김두찬은 모두의 기대를 한 몸에 받으며 다시 한 번 서브를 날렸다.

빵!

'또!'

전과 같은 패턴의 공이 날아왔다.

이건 알면서도 막기가 힘들다.

홍근원이 다시 한 번 몸을 날렸다.

하지만 결과는 마찬가지였다.

탕. 타당.

삐이이이익!

"시나리오극작과! 2점!"

"두찬이 쥐긴다!"

"아하하! 서브로 그냥 먹여 버리네."

"휘이익!"

또다시 환호성이 이어졌다.

"나이스, 김두찬!"

"어디서 발 좀 털었나 본데?"

김준호와 강대식이 신나서 다가와 한 손을 들어 올렸다.

김두찬은 저도 모르게 양손을 들어 두 사람과 동시에 하이파이브를 했다.

짜악!

"아주 칭찬해!"

"서브는 네가 다 해라."

"어, 그래."

김두찬도 완전히 자신감이 붙어 마다치 않았다.

사람들의 호감도가 또 오르고 58 보너스 포인트가 들어왔다.

김두찬이 만족스럽게 세 번째 서브를 날렸다.

홍근원은 이번엔 미리 달려 서브에 대비했다.

한데 김두찬은 그 움직임을 보자마자 몸을 틀어 반대쪽으로 서브를 날렸다.

"재혁아! 네 쪽이다!"

세터 남민식이 소리쳤다.

정재혁도 상황을 파악하자마자 벌써 뛰고 있었다.

그러나 마치 결과는 이미 정해져 있었던 것처럼 공은 금 안쪽을 원터치하고 금 밖으로 멀리 튕겨 나갔다.

삐이이이익!

"시나리오극작과! 2점!"

3연속 서브권으로만 6점을 따냈다.

김두찬이 기세가 올랐다.

이번에도 그가 서브를 날리려는 찰나, 정지훈이 다가왔다.

"두찬아, 잠깐만."

"응? 왜?"

"이번에는 내가 서브 넣을게."

정지훈은 김두찬이 계속 스포트라이트를 받는 게 못마땅했다. 그래서 흐름을 끊으려고 하는 것이다.

한데 김준호와 강대식이 그런 정지훈을 말렸다.

"왜? 두찬이 잘하는데 그냥 둬."

"그래. 간만에 게임 재밌네."

'끼어들고 지랄이야. 멍청한 새끼들이.'

정지훈은 속에서 열불이 터졌지만 그것을 완벽하게 감췄다. 그러고는 두 사람에게 난처한 표정을 지어 보였다.

"야, 우리들만 재미있지, 쟤들은 재미 하나도 없지 않겠냐. 이렇게 일방적으로 게임 끝나면 보는 사람들도 기운 빠지지. 너무 우리 생각만 하지 말자."

"흠… 그것도 그러네."

"두찬아, 지훈이가 차게 해주자."

김두찬은 내키지 않았지만 공을 정지훈에게 넘겼다.

정지훈이 가볍게 서브를 넣고, 상대편이 공을 받아 공격을 해왔다.

김준호가 공을 받아 떠오른 것을 세터인 김두찬의 머리로 트래핑하려 했다.

그런데 공격수인 정지훈이 그보다 먼저 달려들어 공을 트래 핑해 올렸다.

"두찬아, 차!"

타이밍이 아주 교묘했다.

남이 보기엔 정지훈이 김두찬에게 공격 기회를 넘겨주려는 것 같아 보였다.

하지만 김두찬은 코트 끝에서 네트 쪽으로 날아오는 공을 받으려 했던 터라 네트를 등지고 있었다.

그런데 공을 차 넘기라니?

김두찬이 한순간 멈칫거렸다.

그걸 본 정지훈이 속으로 회심의 미소를 지었다.

'그렇지! 그냥 서브만 할 줄 알았던 거야.'

만약 김준호나 강대식이었다면 저기서 넘어 차기를 시도했 을 것이다.

그러나 제법 난이도가 있는지라 이런 과 내기에서 제대로 성공하는 경우는 거의 없다.

하물며 족구 초짜 같은 김두찬이 그걸 해낼 리 만무했다.

'어떻게 해야 하지?'

고민하던 김두찬의 머릿속에 축구 게임이 떠올랐다.

실제로 하는 축구는 질색이지만 게임으로 하는 건 제법 실 력이 있었던 김두찬이었다.

그는 축구 게임 속에서 선수들을 활용해, 다양한 슛을 선보이며 상대편을 제압했다.

그중에는 지금 상황과 딱 맞는 킥이 하나 있었다.

오버헤드킥이었다.

실제로 족구의 넘어 차기는 축구의 오버헤드킥과 비슷하다.

허공으로 몸을 띄어 공중제비를 돌면서 공을 차 넘겨야 한다.

과연 그게 성공할 수 있을지는 의문이었으나 선택의 여지가 없었다.

김두찬이 그대로 몸을 띄웠다.

두 눈으로 공을 똑바로 응시하며 허공에 뜬 상태 그대로 몸이 빙글 돌았다.

그리고 오른발을 쭉 뻗어 뒤로 밀었다가 앞으로 확 끌어당겼다.

빵!

킥이 제대로 들어갔다.

어마어마한 소리와 함께 쏜살처럼 날아간 공이 네트를 넘어 상대편 코트에 꽂혔다. 그러고는 누가 막을 새도 없이 튕겨 코트 밖 금을 넘어갔다.

완벽한 넘어 차기였다!

타탓!

김두찬은 바닥으로 떨어지다 고양이처럼 몸을 틀어 안전하게 착지했다.

그가 아무렇지 않게 일어서서 상황을 살폈다.

삐이이이익!

"시나리오극작과! 1점!"

와아아아아아!

또다시 사람들의 함성으로 장내가 쩌렁쩌렁 울렸다.

"푸하하! 이거 완전 미친놈이야!"

"이 새끼, 1세트 때 왜 내숭 떨었어!"

김준호와 강대식이 달려와 김두찬의 목을 조르고 엉덩이를 때렸다.

"켁! 수, 숨 막혀!"

코트 밖에서 그런 김두찬을 바라보는 사람들의 호감도가 또다시 올라갔다.

이번에는 남자들의 호감도도 전부 다 상승했다.

그만큼 방금 김두찬의 공격은 멋있었다.

서브 세 번과 넘어 차기 한 번으로 김두찬은 완전히 스타가 됐다.

가만히 있어도 잘생긴 외모와 잘 걸친 옷, 나쁘지 않은 몸 덕분에 훈훈한데 운동까지 잘해 버리니 시너지가 어마어마했다.

주로미는 기뻐하는 김두찬을 보며 함께 행복한 기분이 들었다.

'파이팅, 두찬아!'

그녀가 속으로 응원을 하는 것 이상으로 김두찬은 경기를 멋지게 이끌었다.

김두찬의 대활약 속에 2세트는 시나리오극작과가 이겼다.

이제 1 : 1 동점인 상황에서 마지막 3세트가 시작됐다.

애초 정지훈의 계획과는 달리 김두찬은 계속해서 사람들의 스포트라이트를 받았다.

반면 자기 자신은 점점 초라해져만 갔다.

그 엿 같은 기분을 정지훈은 견딜 수가 없었다.

어떻게든 김두찬을 똥통으로 빠뜨리고 싶었다.

"연기과, 서브!"

심판이 외치자 연기과 정재혁이 서브를 날리며 마지막 시합의 신호탄이 올랐다.

3세트 역시 시나리오극작과가 우세했다.

자신감을 얻은 김두찬이 자신의 포지션에서 적극적으로 움직인 덕분이다.

어느덧 점수는 연기과 3, 시나리오극작과 14로 매치포인트 1점만 남은 상황이었다.

"한 개만 더 가자!"

"1점만 얻으면 끝난다!"

김준호와 강대식이 소리치며 전의를 다졌다.

이윽고 상대편의 서브 공이 날아들었다.

시나리오극작과 선수들이 그것을 무사히 받아넘기고 서로

간에 다섯 번이나 공이 오고가는 공방전이 벌어졌다.

마지막이라 연기과에서도 혼신의 힘을 다하는 중이었다.

"합!"

시나리오극작과 쪽으로 공이 넘어왔다.

강대식이 그것을 받고 김두찬이 한 번 튕긴 다음 정지훈이 상대 진영으로 차 넘겼다.

연기과 정재혁이 가까스로 수비해 떠오른 곳을 남민식이 건드려 안정시켰다.

그러자 차태웅이 나비처럼 날아와 안쪽 차기로 공을 꽂아 넣었다.

네트를 겨우 스치며 아래로 빠르게 꽂히는 공이었다.

그에 정지훈이 정황을 살폈다.

공방전을 벌이는 동안 진영이 엉망이 되었다. 어쩌다 보니 정지훈은 코트 앞쪽에 있었고 김두찬은 거의 바로 뒤에 있었다.

'당해봐라.'

정지훈이 경기 초반에 썼던 수법으로 공을 미처 받지 못한 척 흘렸다.

그것은 당장 김두찬의 얼굴을 향해 날아들었다.

'또.'

눈에 빤히 보이는 정지훈의 수법에 김두찬의 미간이 구겨졌다.

대체 무엇 때문에 자신에게 이러는 건지, 뭐가 그렇게 마음에 들지 않는 건지 알 수 없었다.

처음에는 그 이유가 궁금했다.

그다음에는 잘못한 것도 없는데 자신을 미워하는 것이 억울했다.

지금은 궁금하지도 억울하지 않았다.

화가 났다.

'나도… 당하고 있지만은 않아!'

김두찬이 몸을 옆으로 뺐다. 그리고 날아드는 공을 발리킥을 날리듯 후려쳤다.

쾅!

세차게 얻어맞은 공이 대포알처럼 날아갔다.

한데 날아가는 방향이 정지훈 쪽이었다.

"어?"

순간 정지훈은 보았다.

시야를 가리며 얼굴로 날아오는 공 너머로 자신을 노려보고 있는 김두찬을.

뻐어억!

"컥!"

안면을 제대로 가격당한 정지훈이 뒤로 넘어가 자빠졌다.

콰당탕!

"지훈아!"

"정지훈!"

김준호와 강대식이 정지훈에게 다가갔다.

워낙 강하게 얻어맞은 터라 연기과 선수들도 멍해져서 정지훈에게 시선을 빼앗겼다.

뒤로 넘어진 정지훈은 쌍코피가 터져 얼굴에 피 칠갑을 했다.

그러는 사이 허공으로 떠오른 공은 네트를 넘어 상대방 코트에 떨어졌다.

텅. 텅.

모두가 넋을 놓고 있을 때 공이 두 번 튕겼다.

삐이이이이익!

"시나리오극작과 매치포인트!"

심판이 시나리오극작과의 승리를 알렸다.

"어? 이겼다!"

"두찬이가 완전히 발랐다!"

사람들의 관심은 정지훈에게서 다시 김두찬에게로 집중되었다.

구경하던 학생들 반 이상이 우르르 달려와 김두찬의 주변에 몰려들었다.

나머지 반 정도는 기쁜 마음을 억누르고서 정지훈을 걱정했다.

"아, 괜찮아. 하하. 오늘 일진이 영 별로다."

누군가 건네준 휴지로 코를 틀어막으며 애써 웃음 짓는 정지훈이었지만 기분이 정말 좋지 않았다.

사람들의 환호를 받는 김두찬을 그가 말없이 바라봤다. 그때 김두찬의 시선도 정지훈에게 향했다.

허공에서 둘의 시선이 엉켰다.

정지훈의 머리 위에 뜬 호감도가 −50까지 내려갔다.

전이었다면 놀라서 눈부터 돌렸겠지만 더 이상은 그러기 싫었다.

김두찬은 시선을 피하지 않았다.

'앞으로 무슨 짓이든 더 해볼 테면 해봐.'

그런 의지가 두 눈에 단단히 박혀 있었다.

결국 먼저 눈을 돌린 건 정지훈이었다.

김두찬을 망신 주고자 했던 정지훈의 계략은 반대로 김두찬을 각성시켜 버리고 말았다.

**Liking 14**

소원을 말해봐

"목 축이러 가자. 내가 낼게."

경기가 종료되고 정지훈은 늘 그랬듯 이번에도 물주를 자처했다.

어차피 지갑을 열 생각이었지만 오늘은 평소보다 더 좋은 곳에서 술을 사주겠다는 사족까지 붙였다.

경기 때 망쳤던 자신의 이미지를 만회하기 위해서였다.

학생들은 그런 정지훈의 제안에 박수를 쳤다.

하지만 김두찬과 주로미는 탐탁지 않은 얼굴이었다.

김두찬은 뒤풀이에서 발을 빼려 했다.

어차피 술도 못 마시는 데다 딱히 그런 자리를 가져본 적이 없어서 흥미가 동하지 않았다.

술을 즐길 줄 안다면 얘기가 다르겠지만 말이다.

물론 포인트를 불취에 투자할 수도 있겠으나 '굳이?'라는 생각이 들었다.

불취보다 더 값진 능력들이 많았다.

'어디 보자, 보너스 포인트가……'

김두찬이 상태창을 열어 보너스 포인트를 확인했다.

방금 족구를 하는 동안 포인트를 많이 얻어 총 709나 되는 보너스 포인트가 저장되어 있었다.

'이걸로 오늘 하루 모을 수 있는 포인트는 전부 모았네.'

하루에 모을 수 있는 포인트 최대치는 1,000이다.

김두찬은 오늘 그 수치를 다 채웠다.

"두찬아, 너도 뒤풀이 갈 거지?"

김준호가 다가와서 어깨동무를 하며 물었다.

"어? 글쎄… 나는 그냥 집에 가는 게……."

그때 소리 없이 다가온 강대식이 김두찬을 뒤에서 번쩍 들어 올렸다.

"으앗!"

"이노옴! 오늘의 MVP가 그냥 집에 가겠단 말이냐! 말도 안 되지! 안 그래?"

강대식의 기차 화통 삶아 먹은 목소리에 학생들의 이목이 집중되었다.

그들은 김두찬에게 우르르 몰려와 함께 뒤풀이 자리에 가자며 부탁했다.

"그럼… 잠깐만 있다 갈까?"

김두찬은 어쩔 수 없이 뒤풀이 자리에 가기로 했다.

그런 김두찬의 선택은 주로미의 마음까지 바꿔놓았다.

사실 그녀도 김두찬처럼 집에 갈 셈이었다.

아직까지는 변한 스스로의 모습에 침 흘리고 다가오는 남자들이 부담스러웠기 때문이다.

한데 김두찬이 간다면 주로미도 참석하고 싶었다.

결국 한 명도 예외 없이 모든 사람들이 정지훈이 쏘는 뒤풀이를 함께하게 됐다.


*　　　*　　　*


뒤풀이에 참석한 인원은 선수와 응원단을 포함해 전부 27명이었다.

그렇다 보니 복층 건물 호프집의 2층을 전세 내듯이 해버렸다.

주로미는 김두찬의 옆에 앉고 싶었다.

그를 이성으로 좋아해서 그렇다기보다는 여기 있는 모든 사람들 중 가장 편하기 때문이다.

하지만 어떻게 하다 보니 서로 떨어져 다른 테이블에 앉는 처지가 되고 말았다.

조금 불편했지만 술을 마시다 보면 자연스레 이리저리 옮겨 다니게 되니 나중에 움직여야겠다고 생각했다.

모든 테이블에 술과 안주가 가득 나왔다.

오늘 계산을 맡기로 한 정지훈이 일어서서 건배 제의를 했다.

"음… 우선 오늘 본의 아니게 꼴사나운 모습 보여서 미안합니다."

그의 첫마디에 여기저기서 웃음이 터졌다.

"그 모습은 잊어주시고, 쿨하게 지갑 여는 제 모습만 기억해 주셨으면 감사하겠습니다. 건배!"

"건배!"

전부 맥주잔과 소주잔을 머리 위로 들어 올려 부딪혔다.

그리고 본격적인 술자리가 시작됐다.

김두찬은 술 대신 음료수를 마셨다.

김두찬과 같은 테이블에 있던 친구들도 그에게 술을 강요하지 않았다.

첫 OT에서 김두찬은 소주 한 잔을 마시고 졸도했었다.

그 광경이 모두의 기억 속에 생생히 박혀 있었다.

물론 김두찬의 모습이 안여돼에서 훈남으로 조정되긴 했지만.

뒤풀이 자리에서도 화제의 중심은 단연 김두찬이었다.

같은 과 친구들뿐만 아니라 연기과 학생들까지 틈만 나면 김두찬이 있는 테이블에 합석해서 몇 마디라도 대화를 나누려 했다.

남자들보다는 여자들의 경쟁이 더 심했다.

이런 대접을 처음 받아보는 김두찬은 어떻게 해야 할지 몰라 난감했다.

기분은 좋은데 약간의 부담감과 어색함이 공존했다.


        *           *           *


시간은 빠르게 흘렀다.

김두찬은 비로소 이 술자리 분위기에 적응을 했다.

처음엔 김두찬만 잡고 늘어지던 친구들도 술이 얼큰히 취하니 이곳저곳 돌아다니며 자기들끼리 무리 지어 놀기 시작했다.

그제야 김두찬은 한숨을 돌렸다.

그리고 여태껏 신경 쓰지 못했던 주로미를 찾았다.

그녀는 한 테이블 떨어진 곳에서 남학생들에게 둘러싸여 있었다. 개중엔 심진우의 모습도 보였다.

여신으로 거듭난 그녀의 미모는 연기과 여학생들에게 밀리지 않았다.

오히려 더욱 빛을 발했다.

'괜찮을까?'

얼굴을 보니 살짝 홍조가 오른 것이 조금 취한 듯했다.

그때였다.

"자자, 우리 게임이나 한번 해볼까!"

심진우가 갑자기 게임을 제안했다.

술자리에서 게임을 하는 건 흔한 일이었다. 이상할 게 없었다. 하지만 주로미의 입장에선 부담스러웠다. 지금 그녀가 앉은 테이블에 있는 사람은 대부분이 남자였기 때문이다.

심진우는 주로미가 자리를 옮기기 전에 게임을 하는 분위기로 밀어붙였다.

결국 그의 주도하에 술자리 게임이 시작됐다.

"자자, 게임 종목은 나부터 오른쪽으로 돌아가면서 랜덤으로 하나씩 정하기!"

심진우의 왼쪽에는 주로미가 앉아 있었다.

즉 오른쪽으로 게임이 돌아가면 주로미는 맨 마지막에 게임을 정할 수 있게 된다는 얘기다.

"첫 번째 게임은 이미지~ 게임! 이 중에서 남자한테 가장 인기가 많을 것 같은 사람은?"

대놓고 주로미를 겨냥한 질문이었다.

"하나, 둘, 셋!"

당연히 사람들의 젓가락은 대부분 주로미에게 향했다.

"주로미~ 한 잔 마셔!"

심진우가 소주잔에 술을 가득 따라 건넸다.

주로미가 그것을 보고 난감해했다.

"저기… 나 술을 좀 많이 마셔서……."

"그래? 그럼 내가 흑기사! 소원은 킵."

심진우가 흑기사를 자청했다.

주로미 대신 술을 마시는 그에게 박수가 쏟아졌다.

이후로도 게임은 계속됐고 어떤 게임을 하던 계속해서 주로미가 걸렸다.

첫 게임에서 주로미를 타깃으로 몰아가는 분위기를 타버렸기 때문이다.

주로미가 걸릴 때마다 심진우는 그녀의 벌주를 대신 마셨다.

그렇게 총 여덟 번의 게임이 진행됐고, 주로미는 여덟 번 모두 걸렸으며 심진우는 여덟 잔의 벌주를 마셨다.

"크으! 취한다."

입술을 타고 흘러내리는 소주를 슥 닦은 심진우가 주로미를 보며 말했다.

"나 여덟 잔 마셨거든, 로미야."

"응. 고마워."

"진짜 고마워? 그럼 지금 소원이 여덟 갠데 화끈하게 합쳐서 한 개만 얘기할게."

"소원… 뭔데?"

주로미는 어쩐지 불길한 예감이 들었다. 그리고.

"키스."

예감이 적중했다.

"어……?"

주로미가 놀라서 그대로 굳었다. 그에 심진우가 키득거리며 말을 바꿨다.

"는 농담이고! 가볍게 뽀뽀로 딜 보자!"

심진우의 제안에 같은 테이블에 있던 남자들 몇몇은 환호성을 질렀고 몇몇은 떨떠름한 얼굴이 됐다.

주로미는 난감함에 어쩔 줄 몰라 하며 조심스레 제안했다.

"저기… 진우야. 뽀뽀 말고 다른 소원 빌면 안 될까?"

"왜? 싫어?"

"그게… 사귀는 사이도 아닌데 뽀뽀는 조금……."

"아니 뭐, 내가 사귀재? 그냥 게임으로 가볍게 뽀뽀 한번 하자는 거잖아. 내가 흑기사 해줬어, 안 해줬어? 너 술 힘들다 그래서 여덟 잔이나 받아 마셨어. 그걸 뽀뽀로 퉁 치면 싼 거 아니냐?"

"그런 거 말고 다른 소원 들어줄게, 응?"

"너 조선 시대에서 왔냐? 하, 씨발 분위기 진짜 뭐 같이 만드네."

"…뭐?"

"야, 됐다. 됐고. 나 소원 안 빌 테니까 벌주 도로 마셔. 근데, 흑기사 소원 안 들어줬을 때는 벌주가 두 배로 늘어나는 거 알지? 총 열여섯 잔이니까 더도 말고 덜도 말고 딱 두 병만 마시면 되겠다."

심진우가 말을 하며 냉장고에서 소주 두 병을 가져와 주로미의 앞에 내려놓았다.

탕!

"마셔."

점점 분위기가 험악해지고 있었다.

하지만 아직은 나서는 이가 없었다.

다들 어느 정도 얼큰하게 취해서 돌아가는 상황을 지켜보고 있었다.

"마시라니까."

"진우야, 이러지 마."

"아, 마셔!"

진우가 소주 뚜껑을 따서 주로미에게 들이밀었다.

"마시지 않을 거면 소원 들어주든가. 어떡할래?"

"……"

"안 마셔? 소원 들어줄래?"

"…마실게."

주로미가 결국 진우의 손에서 소주병을 넘겨받았다.

이미 한참 전부터 정신도 온전치 못하고 속이 안 좋은 그녀였다.

하지만 이런 식으로 마음도 없는 남자에게 입을 맞추는 건 더 싫었다.

마음을 독하게 먹고서 소주병을 입으로 가져가려 할 때였다.

턱.

누군가가 그녀의 팔목을 잡더니 소주병을 낚아챘다.

주로미가 놀라서 고개를 돌렸다. 그녀의 시선이 닿는 곳에 다른 모든 학생들의 시선도 집중되었다.

소주병을 빼앗은 이는 김두찬이었다.

"두, 두찬아."

주로미가 놀라서 벌떡 일어났다.

"너 뭐 하냐?"

심진우는 김두찬을 당장 한 대 칠 듯한 시선으로 노려봤다.

전이었다면 바로 시선을 깔았을 김두찬이, 지금은 심진우를 마주 노려봤다.

그러면서 속으로 보너스 포인트를 분배했다.

'불취에 600포인트 투자하겠어.'

[불취의 랭크가 S로 6단계 업그레이드됐습니다. 랭크 업 특전이 주어집니다. 숙취 해소 능력을 얻게 됩니다.]

불취는 A랭크까지는 별다른 특전이 없었다. 술이 강해질 뿐이다. 다만 S랭크에서는 특전이 주어졌다. 숙취 해소라는 능력이다.

어차피 술에 취하지 않는다면 이런 능력이 무엇에 소용 있는 것인지 김두찬은 알 수 없었다.

하지만 그 문제는 나중에 알아볼 일이다.

지금은 이 상황을 정리하는 게 우선이었다.

"너 뭐 하냐고, 새끼야. 뭐? 대신 마셔주기라도 하려고? 술한 잔 먹으면 게거품 물고 기절하는 병신 새끼가 어디서 똥폼을 잡아?"

심진우가 눈을 부라렸다.

김두찬이 그 시선을 피하지 않은 채 들고 있던 소주병을 입에 가져갔다.

그러고는 그대로 원샷을 때렸다.

"꿀꺽! 꿀꺽! 꿀꺽! 크흐!"

탕!

소주 한 병이 순식간에 김두찬의 입속으로 사라졌다.

'써. 엄청 써. 근데… 아무렇지가 않아.'

소주의 쓴맛은 어쩔 수가 없었다. 한데 중요한 건 김두찬이 전혀 취하지 않는다는 것이었다.

김두찬은 또 다른 병뚜껑을 열었다. 그리고 물었다.

"두 병이랬지?"

그 누구도 김두찬의 물음에 답을 해주지 못했다. 답을 몰라서가 아니다. 너무 놀랐기 때문이다.

아무리 술이 세다고 해도 소주 한 병을 원샷할 수 있는 사람은 많지 않다.

그건 자살행위나 다름없다.

그런데 김두찬은 연달아 두 병을 들이마시기 시작했다.

"꿀꺽! 꿀꺽! 꿀꺽! 크."

탕!

소주 한 병을 또다시 비운 김두찬이 입을 슥 닦았다.

"너… 너 지금 뭘……"

심진우가 상당히 놀라 눈을 끔뻑거렸다.

김두찬이 그런 심진우에게 말했다.

"내가 대신 두 병 마셨으니까 네 소원 내가 가져간다."

"뭐?"

김두찬이 옆에 있던 주로미의 손을 잡았다.

"소원 말할게. 여기서 나가자, 로미야. 저 치졸한 새끼 얼굴 계속 보기 역겨우니까."

"…응. 그러자."

로미가 빙긋 웃으며 고개를 끄덕였다.

김두찬이 로미와 함께 테이블에서 벗어나 1층으로 이어지는 계단을 향해 걸었다.

그런 두 사람을 아무도 막지 못했다.

다들 갑자기 벌어지고 진행되는 상황에 넋을 놓고 지켜보기만 할 뿐이었다.

김두찬이 로미를 앞세워 계단을 내려가려 할 때였다.

쐐애액! 챙강!

"......!"

뒤에서 날아온 소주잔 하나가 그의 머리를 아슬아슬 스치고 지나가 벽에 부딪혀 깨졌다.

김두찬이 뒤를 돌아봤다.

그러자 심진우가 성난 짐승처럼 다가왔다.

"개새끼가, 똥 폼 좆나게 잡네. 가긴 어딜 가! 씹새끼야, 넌 뒤졌어!"

이미 술도 얼큰하게 취했겠다, 기분도 뭣 같겠다 심진우의 심사는 뒤틀릴 대로 뒤틀어져 눈에 보이는 것이 없었다.

성큼성큼 다가온 심진우가 김두찬에게 주먹을 휘둘렀다.

하지만 체력의 랭크가 S까지 올라간 김두찬에게 먹힐 일이 아니었다.

'더 이상 당하고만 있지 않는다고!'

김두찬이 주먹을 말아 쥐고 심진우의 복부를 향해 뻗었다.

뻐억!

"커어억!"

심진우의 허리가 구십 도로 꺾이며 두 발이 허공으로 붕 떴다.

김두찬은 주먹을 회수함과 동시에 몸을 빙글 돌렸다.

빠악!

허공에 뜬 심진우의 배를 김두찬의 발이 한 번 더 가격했다.

"끄엑!"

심진우는 그대로 날아가 뒤로 나자빠졌다.

쿠당탕!

"우욱! 끄윽······!"

심진우가 배를 움켜쥐고 괴로워했다.

무슨 놈의 주먹과 발이 쇳덩이 같았다.

단 두 방 맞았을 뿐인데 오장육부가 끊어지는 것 같았다.

숨이 턱턱 막히고 머릿속이 하얘졌다.

이러다 크게 잘못되는 건 아닌가 싶을 정도였다.

김두찬은 그런 심진우에게 경멸의 눈초리를 쏘아 보내며 말했다.

"앞으로 두 번 다시 내 앞에서 깔짝대지 마, 씨발 새끼야."

욕을 했다.

태어나서 처음으로 누군가에게 욕을 했다.

학창시절 양아치 같은 녀석들에게 괴롭힘을 당할 때.

또래의 아이들이 다 같이 왕따를 시킬 때.

속에서만 수천, 수만 번씩 되뇌다 입 밖으로 내놓지 못하고 홀로 삼켰던 욕이 입 밖으로 튀어나왔다.

그 광경을 지켜보던 정지훈이 심진우의 상태를 살피고는 김두찬에게 다가왔다.

"두찬아, 왜 그래? 무슨 일인데?"

아무것도 모른다는 듯 행동하는 정지훈의 가식이 역겨웠다.

한 번 터져 버린 김두찬의 화는 쉽게 가라앉지 않았다.

따지고 보면 이 모든 일의 원인 제공자가 저 녀석이다.

자기 손 안 더럽히고 다른 사람을 이용해 아니꼬운 인간을 짓밟았다.

정작 본인은 뒤에서 팔짱을 끼고 속으로 비웃으며 구경만 했다.

가장 더러운 자식이 저 자식이다.

김두찬이 정지훈의 귀에 입을 가져갔다.

"가식 그만 떨어. 다음번엔 코피로 끝나지 않아."

가뜩이나 흥분한 상태였던 김두찬의 입에서 경고의 한마디가 저도 모르게 흘러나왔다.

순간 정지훈의 어깨가 미세하게 떨려왔다.

김두찬은 미련 없이 주로미와 호프집을 나섰다.

조금 전까지 좋았던 뒤풀이 분위기가 한순간에 냉각되었다.

하지만 그 누구도 김두찬을 욕하는 이는 없었다.

오히려 심진우에게 짐승 보듯 하는 시선이 쏟아졌다.

**Liking 15**

주로미의 능력

술집을 나온 김두찬은 주로미를 전철역까지 데려갔다.

전철역에 다가왔을 때 즈음 주로미가 김두찬에게 조심스레
말했다.

"저기 두찬아."

"응?"

"손이… 좀 아파."

그제야 김두찬은 자신이 주로미의 손을 꼭 잡고 있다는 것
을 인지했다.

술집에서는 너무 화가 났던지라 이를 미처 몰랐다.

"아, 미안."

김두찬이 얼른 손을 놓고 사과했다.

주로미가 배시시 웃으며 고개를 저었다.

"아니야, 괜찮아."

"……."

"……."

두 사람 사이에 갑자기 어색한 기류가 흘렀다.

하지만 그 안에 불편함이라는 것은 없었다. 다만 둘 다 이성과 손을 잡아본 적이 없기에 어떻게 해야 할지 모를 뿐이었다.

잠시 동안의 적막을 먼저 깬 사람은 주로미였다.

"두찬아, 근데 집에 빨리 가야 할 것 같아."

"응?"

"술을 좀 많이 마셨나 봐. 긴장이 풀리니까 어지러워."

"아, 그래? 어차피 나도 잠실 가야 하니까 데려다줄게."

"응… 미안하지만 그래주면 고맙고."

"조심해서 걸어."

김두찬은 주로미의 옆에 서서 그녀의 걸음걸이를 신경 쓰며 역 안으로 들어섰다.

그러는 한편 상태창을 띄워 새로 생긴 능력을 살폈다.


이름: 김두찬

성별: 남

키: 175.5㎝

몸무게: 75㎏

얼굴: 0/1,000(S-초월시각)

몸매: 4/100(A)

체력: 0/1,000(S-고양이 몸놀림)

손재주: 0/100(B)

소매치기: 0/100(F)

기억력: 0/100(E)

요리: 0/100(A)

불취(不醉): 0/100(S-숙취 해소)

보너스 포인트: 109

핵: 1


얼굴과 체력, 불취가 S랭크였다.

그러면서 초월시각, 고양이 몸놀림, 숙취 해소라는 능력을 얻었다.

초월시각과 고양이 몸놀림은 어떤 능력인지 경험으로 알았다.

우선 초월시각.

이건 인간 한계 이상의 시력을 안겨주는 것뿐만 아니라 동체 시력도 증가시켜 준다.

족구 시합에서 아무리 빨리 날아오는 공도 김두찬의 눈에는 전부 보였다. 눈이 그것을 확실히 포착했기 때문에 타이밍을 맞춰서 몸을 놀릴 수 있었던 것이다.

아울러 술집에서 심진우의 공격을 피할 수 있었던 것도 그 때문이었다.

물론 동체 시력만 좋다고 능사가 아니다.

눈으로 본 것에 바로바로 반응할 수 있는 육신이 필요했다.

고양이 몸놀림이 그것을 가능하게 만들었다.

육신의 모든 기능이 증강된 상태에서 펼쳐지는 동물적 반사 신경은 김두찬의 생각대로, 아니, 그보다 더 멋지게 움직여 주었다.

'숙취 해소. 이게 뭐냔 말이지. 어차피 난 취하지도 않는데. 로나, 이제 슬슬 알려줄 때도 되지 않았어?'

답을 찾지 못한 김두찬이 결국 로나에게 도움을 청했다.

보통은 김두찬이 물어보기 전에 답을 가르쳐 주는 그녀였다.

그런데 어떨 때는 지금처럼 물어봐야 입을 여는 경우도 있었다.

─숙취 해소. 말 그대로 숙취를 해소시키는 능력이랍니다.

'누가 그걸 모르나? 불취 능력을 S랭크까지 올린 나한테는 필요 없으니까 하는 말이지.'

─왜 그 능력을 두찬 님께만 사용해야 한다고 생각하세요?

'응? 어… 어, 혹시?'

―다른 사람에게 사용하는 것도 가능하답니다.

'그렇구나! 사용 방법은?'

―접촉으로 간단하게 오케이. 몸의 한 부분을 맞댄 뒤 그 사람 체내의 숙취를 해소한다고 생각하는 것으로 끝이랍니다.

생각보다 간단했다.

게임 인생 역전은 모든 시스템이 유저의 의지 발현으로 구현된다.

숙취 해소의 능력도 같은 방법으로 사용할 수 있었다.

로나와 대화를 주고받는 사이 두 사람은 역 안으로 들어와 지하철에 올랐다.

늦은 시각, 지하철 안은 귀가하는 사람들로 제법 북적였다.

안쪽으로 깊이 들어가기 어려워 문 바로 앞에 있는 의자 난간에 주로미가 기대어 섰다.

김두찬은 그런 주로미와 마주 보고서 쇠기둥을 잡았다.

주로미는 가뜩이나 술이 올라오는데 사람 벽에 둘러싸여 있으니 더 힘든 얼굴이었다.

'어떻게 접촉을 하지?'

김두찬은 아까부터 줄곧 그 생각뿐이었다.

빨리 주로미의 상태를 해결해 주고 싶은데 살을 맞대야 한다는 큰 난관이 있었다.

지하철은 빠르게 달려 다음 역에 도착했다.

그런데 내리는 사람보다 타는 사람이 더 많았다.

오늘따라 유난히 사람으로 빽빽했다.

지하철은 이미 지옥철로 변해 있었다.

밀고 들어오는 사람들 때문에 마주 보고 있던 주로미와 김두찬의 거리가 더 좁아졌다.

서로의 숨결이 느껴질 만큼 얼굴이 가까이 맞닿았다.

가뜩이나 홍조 가득했던 주로미의 뺨이 더 붉어졌다.

그녀가 고개를 아래로 살짝 숙였다.

역을 지나칠 때마다 지하철은 점점 더 콩나물시루처럼 빼곡해졌다.

'윽, 위험해.'

그대로 있다가는 김두찬의 몸이 주로미의 몸에 완전히 밀착될 상황이었다.

이미 다른 사람들은 생판 모르는 남남임에도 불구하고 서로의 육신을 완전히 붙이고 있었다.

'으야아압!'

김두찬이 쇠파이프를 쥔 팔에 힘을 주고 몸을 뒤로 밀어 버렸다.

엄청난 힘이 그런 김두찬을 압박했지만 밀리지 않았다.

'이, 이제 한 정거정만 더 가면……!'

잠실이다.

그때까지 어떻게든 버티면 된다.

김두찬이 이를 악물었다.

주로미가 그제야 뭔가 이상하다는 것을 알고서 없는 정신을 겨우 차려 주변을 둘러봤다.

'아…….'

다른 사람들은 전부 인파에 끼어 힘들어하고 있었다.

그런데 자기만 좁은 공간이나마 확보해 편히 가고 있었다.

김두찬이 두 팔로 사람들을 밀어내 버텨준 덕분이다.

주로미의 시선이 김두찬의 얼굴로 향했다.

애써 괜찮은 척하지만 턱에 힘이 꽉 들어가 있었다.

눈은 시종일관 안내 전광판을 살피는 중이었다.

그런 김두찬의 이마에서 땀 한 방울이 주르륵 흘러내렸다.

주로미가 저도 모르게 손을 들어 그 땀을 닦아주었다.

'…어?'

'…아.'

땀을 닦은 당사자도 상대방도 동시에 당황했다.

한데 김두찬은 당황한 와중에도 기회가 왔다는 생각이 들었다.

그가 주로미의 숙취를 해소하고 싶다는 의지를 일으켰다.

그 순간 주로미의 몸속에 가득하던 알코올의 기운이 거짓말처럼 사라졌다.

불편하던 속이 편안해지고 어지럽던 머리가 맑아졌다.

"어?"

김두찬의 땀을 닦아주던 주로미는 갑자기 청량해진 몸 상태에 놀라 탄성을 뱉었다.

"응? 왜 그래?"

"아… 아니야."

주로미가 김두찬의 땀을 마저 닦은 뒤 얼른 손을 내렸다.

'왜 갑자기 괜찮아진 거지?'

이상한 일이었다.

'그것도 두찬이한테 손을 대자마자.'

신기했다.

무슨 조화인지 모르겠으나 오늘따라 술이 빨리 깼다. 빨라도 너무 빨랐다.

그것도 두찬이의 몸에 손을 대자마자 그리되니, 이 모든 긍정적인 효과가 전부 두찬이 덕분인 것 같은 착각마저 들었다.

물론 진실을 마주하면 착각이 아니라는 걸 알게 되겠지만 말이다.

'으, 힘들어.'

김두찬이 점점 한계에 봉착하던 그때였다.

[이번 역은 잠실, 잠실역입니다. 내리실 문은…….]

목적지의 도착을 알리는 안내 멘트가 나왔다.

얼마 후, 지하철이 멈춰 서고 문이 열렸다.

김두찬은 주로미와 함께 얼른 지옥철에서 벗어났다.

두 사람은 잰걸음으로 지상까지 걸어 나온 후에야 겨우 한

숨을 돌렸다.

"후아~"

"하아~"

똑같이 숨을 쉬는 모습을 본 두 사람은 서로 킥킥대며 웃어버렸다.

"집이 어느 쪽이야?"

김두찬이 주로미를 마저 바래다주려는데, 그녀가 고개를 저었다.

"아니야, 이제 혼자 갈 수 있어. 내가 버스 기다려 줄게."

"나 괜찮은데."

"나도 괜찮아. 아까까지는 힘들었는데 갑자기 멀쩡해졌어. 신기하지?"

"그래? 신기하네, 진짜."

김두찬은 내뱉는 말과 달리 속으로 감탄을 했다.

'역시 인생 역전!'

─하루 이틀 지날수록 점점 더 놀랍죠?

놀라운 정도가 아니라 경이로움을 넘어서서 이제는 뭐라고 표현해야 할지도 모를 정도였다.

두 사람은 버스 정류장으로 향했다.

걸어가는 동안 주로미가 김두찬에게 물었다.

"근데 두찬아. 그 옷들은 다 뭐야? 한 번도 그렇게 비싼 옷 입고 온 적 없었잖아."

아름다운 음성이 김두찬의 귀를 간질였다.

늘 느끼는 것이지만 주로미의 목소리는 정말 듣기에 좋았다.

그냥 아무 말이나 해도 달콤한 노래를 듣는 기분이 들 정도였다.

"어? 아… 이거 미연 씨가 줬어."

"미연 씨가?"

"응. 근데 이게 많이 비싼 거야?"

"많이 비싼 정도가 아니라… 하나같이 명품인 것 같은데. 나도 잘은 모르지만 명품이라고 하면 셔츠 하나에 수십만 원씩 하고 그러지 않아?"

"뭐? 에이, 그 정도는 아닐 거야."

아마 자신이 입고 있는 톰포드 스웨이드 셔츠가 500만 원을 호가한다는 것을 알면 기절초풍했을 것이다.

김두찬도 주로미도 스스로를 꾸미지 않고 산 지 오래였다.

옷에 대해서는 잘 몰랐다.

아니, 그 나이대의 청춘들은 소위 말하는 금수저가 아니라면 이렇게 비싼 브랜드에 대해서는 대부분이 알지 못했다.

그렇다 보니 김두찬이 걸친 의류의 가치를 몰라보는 건 당연했다.

알았다면 오늘 그렇게 격렬히 족구를 하진 않았을 것이다.

"음… 근데 미연 씨랑은 많이 친해?"

"응?"

"아니, 저번에도 네 부탁이라니까 쉽게 도와주고. 이번에 옷도 그냥 주고 그랬다니까, 궁금해서."

"에이, 그 정도는 아니야. 그냥 어쩌다 상황이 그렇게 돼서 준 거야. 얼굴은 겨우 세 번밖에 못 봤는데 뭐."

그래서 더 이상했다.

세 번 밖에 못 본 사람에게 너무 과한 친절을 베푸는 게 아닌가 싶은 주로미였다.

'혹시 두찬이를 좋아하나?'

그런 생각을 한 주로미가 고개를 휘휘 저었다.

'좋아할 수도 있는 거지. 좋아하면 뭐 어떡할 건데, 주로미.'

스스로를 다그친 주로미가 괜히 하늘을 바라봤다.

김두찬은 그런 주로미의 머리 위를 힐끔거렸다.

'99.'

호감도 수치가 99였다.

김두찬이 족구 하는 모습을 보면서 조금, 그리고 호프집 사건과 지하철의 일로 또 조금씩 오르며 99까지 상승한 것이다.

90에서 겨우 9가 상승한 것이니 오늘 있었던 사건의 스케일에 비해서는 정말 조금밖에 오르지 않은 경우다.

어찌 되었든 1만 더 오르면 그녀의 능력을 익힐 수 있었다.

'로미의 가장 뛰어난 능력은 뭘까?'

그런 생각을 하다가 버스 정류장에 도착했다.

잠실에서 구리에 가려면 1115—6번 버스를 타야 했다.

타이밍이 맞았는지 얼마 되지 않아 버스가 다가왔다.

"아, 버스 왔다. 그럼 가볼게, 로미야. 기다려 줘서 고마워."

"응. 조심해서 들어가. 그리고 오늘 고마웠어."

김두찬은 버스에 몸을 실었다.

맨 뒷좌석에 앉아 창문 너머로 주로미를 바라보며 손을 흔들었다.

그녀도 마주 손을 흔들어주었다.

손님을 모두 태운 버스가 천천히 출발했다.

조금은 애틋한 시선으로 김두찬을 바라보는 주로미의 모습이 차창 너머로 멀어져 갔다.

그때, 99였던 호감도가 100으로 변했다.

'아!'

주로미의 정수리에서 흘러나온 빛 무리가 달리는 버스를 쫓아 창을 타고 넘어왔다.

그것은 곧 김두찬의 몸 안으로 흡수되었다.

김두찬은 당장 상태창을 열어 새로운 능력을 확인해 보았다.

상태창 하단에 지금껏 없던 새로운 능력이 적혀 있었다.

주로미에게서 얻은 그녀의 가장 뛰어난 능력.

그건 바로.

"노래."

노래였다.

어쩐지 목소리가 심하게 달달하더라니.

*　　　*　　　*

그곳은 어디인지 알 수 없는 공간이었다.

그리고 모든 것이 이율배반적이었다.

사위는 암흑으로 가득 찼지만 전혀 어둡지 않았다.

그 공간은 안도 없고 밖도 없었다.

그러나 외부와 내부의 경계는 존재했다.

공간 안에는 재질을 알 수 없는 반투명한 구슬이 둥실 떠 있었다.

구슬의 크기는 수박만 했고, 확실히 정의 내릴 수 없는 색으로 은은히 빛났다.

구슬 안엔 버스를 타고 가는 김두찬의 모습이 담겨 있었다.

순간 그를 응시하던 보랏빛 눈동자가 신비하게 반짝였다.

눈동자에 비친 것은 '주변 사람들에 대한 김두찬 본인'의 호감도였다.

한참 동안 숫자들을 응시하던 보랏빛 눈동자에 흐뭇한 빛이 떠올랐다.

"그래요, 두찬 님. 더 크게, 더 빨리 성장해서 모든 행복을 거머쥐도록 하세요. 두찬 님은 그럴 자격이 충분한 사람이랍니다. 그러기 위해서는 마음을 좀 더 여는 연습이 필요할 것 같네요."

스스로의 바람을 나직이 내뱉은 로나가 천천히 눈을 감았다.

# Liking 16

## 길드 정모

금요일 아침이 밝았다.

오늘은 하루 종일 공강이고 다음 이틀은 주말이다.

삼 일 내내 편하게 쉴 수 있었다.

이게 다 시간표를 잘 짜서 생긴 혜택이었다.

김두찬은 컴퓨터를 켜고 의미없이 인터넷 세상을 돌아다니며 지난 4일을 돌아보았다.

'진짜 스펙터클한 하루하루였어.'

전 같았다면 일어나지도 않았을 영화 같은 일들이 매일같이 벌어졌다.

인생 역전에 접속한 지 단 5일이 지났을 뿐인데 몇 달이 흐른 것만 같았다.

김두찬이 감회에 젖어 있을 때, 누군가 문을 두드렸다.

똑똑.

"누구세요?"

"오빠, 엄마가 밥 먹으래."

김두리였다.

쟤가 웬일로 노크를 다 하고 오빠라는 호칭까지 붙인데?

평소답지 않은 행실이 기이했으나 호감도가 15나 오른 것의 영향이라 생각하며 별말 없이 방에서 나왔다.

온 가족이 식탁에 둘러앉아 아침을 먹었다.

김두찬은 식당 일이 궁금해 부모님에게 물었다.

"식당은 어떻게 되고 있어요?"

"주말 동안 내부 리모델링 끝내고, 간판은 월요일 날 새로 달 거야. 네 엄마도 부대찌개 열심히 만들고 있다."

"이제는 네가 처음 만들어줬던 그 맛이랑 제법 비슷해. 내일 아침엔 부대찌개 끓여줄게, 한번 먹어봐, 아들."

"네, 그럴게요."

두 분 대답하는 걸 보니 크게 걱정할 필요는 없을 듯했다.

밥을 다 먹고 간단히 씻은 뒤 다시 방으로 들어왔다.

김두찬은 5일 동안 정신없이 지내느라 등한시한 취미 생활에 푹 빠지기로 했다.

그의 취미 생활이라고 하면 뻔했다.

영화, 애니메이션, 드라마를 보거나 판타지 소설을 읽었다.

그리고 각종 콘솔 게임과 온라인 게임을 즐겼다.

그도 하지 않을 땐 프라모델을 조립했다.

오늘 김두찬이 가장 먼저 찾은 건 인터넷에 유료로 연재되는 판타지 소설이었다.

그중에서도 그가 제일 좋아하는 건 '숨만 쉬어도 마나가 쌓여'라는 작품이다.

이미 한 달 전 유료 전환을 했음에도 평균 조회 수 2만을 자랑하는 초대박 작품이다.

이 작품을 집필한 작가 '서태휘'는 3년 전 혜성처럼 등장해 집필하는 것마다 초대박을 치는 괴물 신인이자 스타 작가였다.

'숨만 쉬어도 마나가 쌓여'는 서태휘의 네 번째 작품이다.

이미 인터넷엔 100여 편 가까이 연재가 됐다.

김두찬은 오백 원을 투자해 그동안 못 읽었던 분량을 단숨에 읽어 내려갔다.

"후아, 확실히 재미있게 잘 쓴다."

작가.

지금의 김두찬에게는 꿈만 같은 얘기다.

어렸을 적부터 작가를 동경했지만 아직 어디서부터 어떻게 시작해야 할지 감도 잡지 못했다.

작가만 될 수 있다면 장르 소설가든, 시나리오 작가든, 희

곡 작가든 무엇을 해도 상관없었다.

하나 어찌 시작해야 하는지 방법을 알 수 없으니 지금은 그저 여러 작가들의 글을 읽으며 감탄하는 게 고작이었다.

스마트폰으로 글을 읽은 다음엔 컴퓨터를 켰다.

바탕화면엔 여러 가지 단축 아이콘이 있었는데 대부분 게임 아이콘이었다.

그중 '영웅부활전'이라는 이름의 아이콘을 클릭했다.

영웅부활전은 김두찬이 3년 전부터 즐기고 있는 MMORPG 게임이다.

인생 역전을 만나기 전 현실의 김두찬은 안여돼였다.

그러나 이 게임 속에서는 유명인이었다.

그의 닉네임 '트리키'는 게임 속에서 상당히 유명했다.

이름만 들으면 대부분은 '전설의 신컨'이라며 그를 찬양했다.

김두찬이 접속하자마자 친구로 등록되어 있는 여러 유저들이 인사를 해왔다.

김두찬은 간단하게 화답해 주고 길드채 팅창을 켰다.

그는 현재 '미러클'이라는 길드에 가입해 있었다.

벌써 2년 동안 꾸준히 활동하고 있는 길드로서 길드원끼리의 유대감이 대단하다.

김두찬이 여기에 가입한 이유는 길드 이름이 서태휘 작가의 두 번째 작품 제목과 같았기 때문이다.

트리키: 오랜만입니다.

김두찬이 길드 채팅창에 인사를 했다.
그러자 길드원들의 반기는 말이 주르륵 올라왔다.

룩상: 우와! 트리키 님! 간만!
슬리데린: 하이요!
뱅뱅: 트리키 님~ 뭐 하다 이제 왔어요!
제이미: 신컨 떴다!

접속해 있던 길드원들이 저마다 인사를 건넸다.
김두찬의 입에 미소가 걸렸다.
안여돼 시절 김두찬에게는 두 개의 세상이 있었다. 현실과
게임 속 세상.
당연히 그는 게임 속 세상을 더 좋아했다.
적어도 이곳에서만큼은 현실에서 꿈도 꿀 수 없는 대접을
받았으니까.
김두찬이 길드 사람들과 이런저런 소소한 얘기를 나누고
있을 때, 누군가가 귓속말을 걸어왔다.

오들리(귓속말): 트리키 님, 잘 지냈어요?

'길마.'

오들리는 미러클 길드를 운영하는 길드 마스터였다.

김두찬이 얼른 답장을 보냈다.

**트리키(귓속말): 네, 길마님. 별일 없었죠?**

**오들리(귓속말): 똑같죠, 뭐 ㅋㅋㅋ 아, 이번에 2l차 정모 하자는 얘기 나왔어요. 트리키 님은… 당연히 불참이시겠죠? ㅠㅠ**

미러클 길드는 영웅부활전 내에서도 정모를 자주 하기로 유명했다.

그리고 그것이 길드가 오래도록 유지되는 비결이기도 했다.

온라인상에서 만난 이들이 오프라인에서 얼굴을 보고 살을 맞대니 유대감이 깊어졌기 때문이다.

아울러 길드 마스터의 길드 운영 능력 또한 뛰어났다.

정모를 갔다 온 길드원들의 말에 의하면 길드 마스터는 대단한 미남이라고 한다.

그는 키도 크고 호방한 성격인 데다가 스타일까지 세련됐다.

보통 이렇게 잘나 버리면 주변 사람들이 조금 부담되기 마련이다.

한데 그는 오히려 편안한 느낌이 드는 사람이었다.

아울러 사람을 편애하거나 차별 대우 하지 않고 공평하게 대했다.

그렇다 보니 길드원들은 오들리를 무척이나 좋아하고 따랐다.

그러한 느낌은 게임을 같이하는 도중 김두찬도 느꼈다.

하지만 직접 만나본 적이 없으니 어떤 모습일지 늘 궁금하긴 했다.

그 궁금증을 해소하는 방법은 간단했다.

정모에 나가면 된다.

하지만 김두찬은 단 한 번도 정모에 나가지 않았다.

왜?

정모에 나가 자신의 모습을 보이는 순간 사람들은 실망할 게 뻔했으니까.

그동안 게임 속에서 만들어놓은 자신의 이미지가 전부 산산조각 날 것이 두려웠다.

아마 그렇게 되고 나면 전처럼 게임 안에서 그를 살갑게 대해주지 않을 것이라는 생각이 들었다.

그래서 정모 때마다 늘 그는 불참을 선언했다.

이번 역시 오들리는 그가 나오지 않을 것이라 예상했다.


**오들리(귓속말):** 근데 트리키 님 어떤 분이신지 진짜 궁금하긴 한데. 우리 길드원들 다 궁금해해요. 이번엔 나와주심 안 돼용? 하트하트.

'정모……'

김두찬은 망설였다.

그의 시선이 방 한편에 놓인 거울로 향했다.

거울 안에는 숨 막히도록 잘생긴 미남이 자신을 바라보고 있었다.

얼굴엔 고민하는 기색이 역력한데 살짝 인상을 찌푸리며 미간에 생긴 세로줄이 너무나도 섹시하다.

'그래… 지금의 저게 나야.'

더 이상 안여돼 김두찬은 없다.

낯선 사람들을 만나는 걸 두려워할 이유도, 그럴 필요도 없다.

김두찬의 손이 빠르게 타자를 두들겼다.

트리키(귓속말): 이번에는 나갈게요, 길마님.

오들리(귓속말): 리얼리? 진짜 나오실 거예요?

트리키(귓속말): 네. 아 근데, 정모가 언제죠?

오들리(귓속말): 이번 주 토요일이요!

트리키(귓속말): 이번 주 토요일이면… 내일이요?

오들리(귓속말): 네입~! O_Ob 나오기로 한 거 무르기 없습니당^^

설마 정모가 내일일 줄은 몰랐다.

하지만 이미 한 번 마음먹은 거, 후퇴할 생각은 없었다.

**트리키(귓속말):** 알았어요. ㅎㅎㅎ 내일 뵐게요.

**오들리(귓속말):** 우리 길드원들 겁나 좋아하겠네요.ㅋㅋ 기념으로 레이드 한 번 돌까요?

**트리키(귓속말):** 그러죠.^^

김두찬은 길드원들과 강력한 보스가 있는 던전으로 들어가 레이드를 즐겼다.

그날은 하루의 반을 게임 속에서 보냈다.

그리고 남은 시간은 못 봤던 애니메이션을 챙겨보고 아껴 두었던 프라모델을 조립했다.

밤은 빠르게 찾아왔다.

김두찬은 기분 좋은 설렘을 안은 채 이불에 누워 눈을 감았다.

\*   \*   \*

몇 시간을 거슬러 올라가 김두찬이 게임을 접속 종료했을 때.

길드 채팅방에는 길드원들끼리 김두찬의 뒷얘기를 하느라 바빴다.

오들리: 아, 그러고 보니 깜빡했는데 내일 정모에 트리키 님 나오신대요!

*_*

명탐정고난: 이거레알? 진짜루요?

제이미: 와씨 대박! 드디어 얼굴 보겠네.

룩상: 어떻게 생겼을까? 설마 여자는 아니겠지?

뱅뱅: 저번에 남자라고 밝힘.

거친숨소리: 남자는 다 밝히는 법이죠. —/////—

건들지마라: 야 한 누님 또 발작이다.

거친숨소리: 내 나이 되도록 시집 못 가봐라…….

건들지마라: 근데 트리키 님… 여태까지 정모 안 나왔던 게 막 안여돼 스타일이고 그래서 그랬던 거 아님?

명탐정고난: 에이, 슬마!

룩상: 천사의 대명사 트리키 님을 욕되게 하지 마시죠?

뱅뱅: 맞음. 내가 넷상에서 만난 사람들 중 가장 착함. 내가 쪼렙일 때 그분이 쩔해준 덕에 지금의 내가 있음.

오들리: 유명하잖아요, 트리키 님. 쪼랩분들 만날 때 도움 청하면 그냥 지나가지 않고 꼭 도와주는 걸로 미담이 여기저기서 접수돼요.

건들지마라: 그러니까 그런 사람이 왜 정모에는 안 나오냐는 거지.

명탐정고난: 부끄러움이 많아서?

건들지마라: 내가 볼 땐 백퍼 안여돼야.

슬리데린: 사실 나도 그런 생각하긴 했었는데.

간지남: 저두요.

건들지마라가 김두찬 안여돼설을 밀어붙이자 여기저기서 그 의견에 동의하는 글이 올라왔다.

그에 힘을 얻은 건들지마라가 쐐기를 박았다.

건들지마라: 실상은 시궁창인데 게임 속에서만 훈남 스멜 풍기는 거 솔직히 좀 그래, 나는.

명탐정고난: 듣고 보니까 그건 저도 좀 그러네요.

간지남: 나도 우웩!

점점 건들지마라의 목소리에 힘이 실리기 시작했다.

그에 상황을 지켜보던 오들리가 개입했다.

오들리: 사랑하는 길드원 여러분~ 어차피 내일 되면 밝혀질 사실이잖아요? 사람 없는 자리에서 너무 그렇게 얘기하지 말아요, 우리~!

건들지마라: 그래도 안여돼에 한 표.

슬리데린: 두 표영~

간지남: 사실, 그 인성에 외모까지 훈남이면 사기 캐릭이지.

거친숨소리: 근데 너희들… 좀 그렇다? 너무 외모지상주의적 발언들 아니야? 자꾸 그딴 식으로 말할래?

거친숨소리가 나섰다.

그녀는 못된 사람은 아니지만 다혈질이라서 한 번 뒤집어지면 말릴 수가 없다.

그 전에 오들리가 상황을 수습했다.

**오들리: 소리 누나, 캄 다운! 오늘은 이쯤 해서 다들 들어가시죠. 내일의 정모를 위해^^ 여기서 더 가면 저 정말 슬퍼질 거 같아요. ㅠㅠ**

오들리가 그렇게까지 나오자 다들 더 이상 김두찬에 대해 얘기하지 않았다.

그러나 이미 모두의 마음속에서는 김두찬이 안여돼일지도 모른다는 생각이 자리 잡혔다.

이런 사실을 전혀 모르는 김두찬은 마냥 정모에 나갈 설렘으로 깊은 잠에 빠져 있었다.

*       *       *

다음 날 아침.

"아아악! 짜증나는 계집애!"

"……?"

김두찬은 난데없는 김두리의 비명에 잠을 깼다.

문을 열고 나가보니 김두리가 폰 액정을 바라보며 씩씩대고 있었다.

"무슨 일이야?"

"몰라도 돼."

김두리가 소파에서 일어나 자기 방으로 들어가면서 투덜댔다.

"길 가다 콱 자빠져라, 차은유!"

"차은유?"

친구와 무슨 일이 있는 모양인데 딱 잘라 몰라도 된다고 하니 더 물어볼 수가 없었다.

김두찬은 머리를 긁적이다가 화장실로 들어가 샤워를 했다.

수건으로 물기를 닦으며 거울에 비친 자신의 몸을 감상했다.

잘빠졌다.

하지만 아직 그가 이상적으로 그리던 그런 몸매에는 2퍼센트 아쉬웠다.

김두찬은 상태창을 띄웠다.

몸매는 A랭크에 4/100이었다.

보너스 포인트는 109가 남아 있었다.

김두찬이 씩 웃고서 보너스 포인트 96을 몸매에 투자했다.

랭크가 A에서 S로 넘어가면 그전까지와는 차원이 다른 특전을 얻게 된다.

과연 몸매(S)에서 얻게 되는 특전이 무얼까?

김두찬의 가슴이 기분 좋게 두근거렸다.

그때 그의 눈앞에 시스템 메시지가 나타났다.


[몸매의 랭크가 S로 업그레이드됐습니다. 랭크 업 특전이 주어집니다. 키가 7.5㎝ 커집니다.]


'어? 이번엔 7.5센티나 커진다고?'

―기존의 랭크 업 특전 1.5㎝ 플러스 S급 보너스 특전 6㎝ 추가랍니다.

'그 특전 상당히 맘에 들어.'

김두찬의 몸이 간질거리면서 키가 급속도로 커졌다.

키에 비례해서 골격도 두꺼워졌다.

그때 또 다른 시스템 메시지가 나타났다.


[육체 교정을 시작합니다.]


'유, 육체 교정? 이건 뭐야?'

―역시 S랭크 보너스 특전이랍니다.

로나의 말이 끝나기 무섭게.

뚝! 두둑!

전신에서 뼈가 부러지는 듯한 소리가 들려왔다.

하지만 고통 같은 건 없었다.

그래서 더 기이했고, 겁이 났다.

김두찬은 중학교 2학년 시절 포경 수술을 처음 받았던 때의 기억이 떠올랐다.

서걱서걱하고 무언가 잘려 나가는 것이 인지는 되는데 고통은 없었다.

그 감각이 그렇게 끔찍할 수가 없었다.

지금이 딱 그랬다.

전신에서 우둑거리는 소리가 들리며 뼈 관절이 제멋대로 빠졌다가 재배치되고 있었다.

'내, 내 뼈는 레고가 아니야!'

뼈뿐만이 아니었다.

새롭게 맞추어지는 골격에 맞게 근육조직과 피부도 바뀌었다.

한동안 이어지던 두드득 소리가 사라졌다.

제멋대로 꿀럭이던 몸뚱이도 잠잠해졌다.


[육체 교정 완료. 지금의 모습을 사람들의 기억 속에 동기화시킵니다. 동기화 완료.]


꿀꺽!

육체 교정이 된 자신의 모습이 김두찬은 궁금했다.

그가 얼른 거실로 뛰어나가 전신 거울 앞에 섰다.

"…허."

감탄이 절로 나왔다.

183㎝의 키에 완벽히 균형 잡힌 멋진 체격의 남성이 위풍당당하게 서 있었다.

말로만 듣고 눈으로만 봤던 어깨 깡패가 눈앞에 있었다.

반팔에 반바지 차림이라 육신의 변화가 고스란히 눈에 들어왔다.

가슴은 쩍 벌어지고 허리는 잘록했다.

늘씬한 팔다리는 탄탄한 근육으로 꽉 차 있었고, 다리는 전보다 길어졌다.

그리고 김두찬은 인식하지 못했지만 살짝 굽고 휘어졌던 척추뼈가 올곧게 곧추섰다.

그러면서 전체적인 몸의 밸런스가 완벽한 균형을 이뤘다.

덩치가 전보다 커지니 가뜩이나 작은 머리가 더 작아 보였다.

그야말로 완벽한 황금 비율의 모델 같은 몸매를 자랑하는 남자가 되었다.

김두찬이 입고 있던 티셔츠를 슬며시 들어올렸다.

"히야."

배에는 초콜릿 복근이 자리했고 보기 좋게 펌핑된 가슴은 울끈불끈 힘이 있으면서도 매끈한 라인이 금상첨화였다.

이건 근육이라기보다 조각이었다.

김두찬이 손으로 복근을 슬슬 만져봤다.

'단단해.'

그 손을 조금 더 올려 가슴을 더듬었다.

'여기도 단단해. 이게 내 몸이라니… 믿을 수 없어.'

정말이지 이 놀라움엔 적응을 할 수가 없다.

이미 숱하게 잘생겨졌고, 어마어마하게 몸이 변했다.

그럼에도 한 번 더 업그레이드될 때마다 감탄을 자아낸다.

앞으로는 쭉 이런 몸으로 살 수 있다는 생각에 흥분됐다.

얼굴까지 살짝 상기됐다.

저도 모르게 한숨이 나왔다.

"하아아."

그때 방으로 들어갔던 김두리가 다시 나왔다.

"오빠! 오늘은 아침 알아서 챙겨 먹으……."

순간 김두찬과 김두리의 시선이 마주쳤다.

"……."

"……."

하필이면 가슴을 더듬으면서 한숨 쉴 때 튀어나올 게 뭐람.

타이밍이 아주 기가 막혔다.

"오빠, 지금 뭐 해?"

"어? 아니 이게 그러니까……."

"…그냥 여자를 만나."

"아니, 두리야. 그게 아니고."

"그게 아니라고? 아……! 알았어. 취향은 존중해 줄게."

"뭐?"

쾅!

김두리는 다시 방 안으로 들어가 버렸다.

김두찬은 갑자기 알 수 없는 상실감과 치욕스러움, 패배감에 몸을 떨었다.

\*        \*        \*

작은 해프닝은 깨끗하게 잊어버리고 바뀐 몸에 대해 관조했다.

'몸이 엄청 가벼워. 게다가 전신에서 힘이 마구 솟구치는 것 같아.'

그러자 로나가 이때다 싶어 끼어들었다.

─지금 두찬 님의 상태를 알아듣기 쉽게 설명해 드릴게요. 무협 소설 많이 읽어보셨죠?

'응, 그렇지.'

─무협으로 쳤을 때 환골탈태하신 거라고 보면 이해하기 쉬울 거예요.

환골탈태!

무협에서 말하는 환골탈태란 육신이 무공을 익히기에 가장 이상적인 상태가 되는 걸 말한다.

김두찬이 두근거리는 가슴을 진정시키며 로나에게 물었다.

'그럼 나 이제 무공 같은 것도 배울 수 있는 거야?'

─말씀드렸다시피 이해를 돕기 위해 두찬 님이 가장 접근하기 쉬운 방법으로 말씀 드린 것뿐이랍니다.

'무공을 배울 수 있는 건 아니었구나.'

─네. 신체 비율과 피지컬이 가장 이상적인 상태로 교정된 것이라고 생각하면 된답니다.

그러니까 본래 10의 힘을 가진 김두찬이 지금까지는 완벽한 밸런스를 갖지 못해 5나 6 정도의 힘을 발휘했다면, 이제부터는 10 이상의 힘을 낼 수 있다는 얘기다.

'그렇구나.'

김두찬은 한결 가벼워진 몸을 만끽하며 어떻게 흐르는지도 모르고 시간을 보내다가 문득 소변이 마려워 화장실로 향했다.

그리고 소변을 보기 위해 바지를 내렸다가 크게 놀라 소리쳤다.

"이럴 수가!"

그의 부모님도 주지 못했던 걸 그는 얻게 됐다.

\*　　　\*　　　\*

오후 4시.

만나기로 한 장소는 홍대였다.

약속 시간에 맞춰 가려면 슬슬 나갈 준비를 해야 한다.

우선 입고 나갈 옷을 골랐다.

몸에 걸칠 만한 옷은 전부 정미연이 준 것밖에 없었다.

어제 입었던 옷은 족구를 하느라 더러워져 세탁기에 넣었다.

김두찬은 남은 여덟 벌 중, 정미연이 매칭해 준 옷 한 쌍을 몸에 걸쳤다.

상의는 한 벌인 줄 알았는데 펼쳐보니 안에 한 벌이 더 있었다.

조금 전까지의 몸이었다면 옷이 좀 꽉 끼었을 것이다.

어제 입었던 옷도 그랬다.

게다가 다리가 좀 길어 바짓단도 두 번 정도 접었었다.

이제는 그럴 필요가 없었다.

상하의 모두 맞추기라도 한 듯 딱이었다.

톰 브라운 화이트 셔츠에 디올 옴므 그레이 맨투맨을 매칭하고 몽끌레어 클래식 슬랙스 블랙을 입었다.

명품이 된 몸에 명품 옷들이 걸쳐지니 근사하다 못해 빛이 날 정도였다.

그런데 한 가지 문제가 생겼다.

옷에 어울리는 신발이 없었다.

어제 신었던 운동화 역시 족구 때문에 더러워져 신고 나갈
수 없었다.

'아무래도 나가면서 사야겠다.'

저번에 받았던 용돈이 있으니 나가면서 싼 걸 사면 된다.

문제는 시간이었다.

신발을 사게 되면 아무래도 약속 시간에 늦을 공산이 컸
다.

김두찬은 나갈 채비를 마치고 걸음을 서둘렀다.


＊　　　＊　　　＊


딸랑.

"어서 오세요~"

종소리가 들리자 매장에 있던 신발 가게 여종업원이 버릇처
럼 인사를 했다.

"안녕하세요~"

김두찬이 약간 어색한 미소를 띠고서 마주 인사했다.

이를 본 여종업원은 순간 심장이 크게 두근거렸다.

'…개잘생겼다.'

여종업원의 머리 위에 호감도가 0에서 5로 변했다.

김두찬은 포인트가 들어왔다는 메시지를 확인하며 남몰래
기뻐했다.

"저… 신발 좀 보러왔는데요."

김두찬이 조심스럽게 말을 건넸다.

이렇게 혼자서 신발을 사러 와본 적이 한 번도 없었다.

그래서 뭘 어떻게 골라야 하는 건지 오리무중이었다.

"네, 편하게 보세요."

여종업원의 얼굴에 진심이 가득 담긴 미소가 걸렸다.

그녀의 시선이 조금 어색하게 매장을 둘러보는 김두찬의 몸을 빠르게 훑었다.

'키 좀 봐. 어깨도 장난 아니네. 게다가 미남. 모델인가? 오늘 눈 호강하네. 아싸, 개이득.'

한참 매장을 살피던 김두찬이 여종업원에게 물었다.

"저기, 제가 잘 몰라서 그러는데 지금 이 옷에 어울리는 신발 좀 봐주시면 안 될까요?"

"네네, 봐드릴게요. 음, 일단 이런 룩에는 로퍼나 구두가 어울려요. 발사이즈가 어떻게 되세요?"

"275요."

"가격대는 어느 정도 생각하고 오셨어요?"

"음…4만 원 선에서요."

몇 마디 대화를 주고받은 여종업원은 자기 일인 것처럼 성심성의껏 신발을 골라주기 시작했다.

예전의 김두찬이었다면 상상도 못했을 친절이었다.

그게 기분이 좋으면서도 한편으로는 씁쓸했다.

여종업원은 구두 하나와 로퍼 두 개를 추천했고, 그중에서 검은색 로퍼를 김두찬이 선택했다.

이유는 세 개 중에서도 가장 저렴했기 때문이다.

김두찬은 새로 산 로퍼를 바로 갈아 신고 매장을 나섰다.

"수고하세요~"

"네, 안녕히 가시고 좋은 하루 되세요, 손님!"

여종업원은 매장 밖으로 멀어지는 김두찬의 뒷모습에서 시선을 떼지 못했다.

머리 위의 호감도가 5에서 8로 다시 상승했다.

\*　　　　\*　　　　\*

홍대의 작은 맥줏집.

미러클 길드는 이곳에서 정모를 갖기로 했다.

오늘 모이는 인원은 총 23명.

평소엔 열 명 남짓한 사람들이 모이는 것에 비해 두 배나 많은 이들이 참석 의사를 밝혔다.

그들의 관심은 오로지 하나!

트리키의 본모습을 보는 것이다.

모임 시간은 6시까지였지만 코리안 타임이 어디 가는가?

모든 인원이 다 모인 시간은 6시 20분경이 되고 나서였다.

아니, 정확히 말하자면 김두찬을 뺀 나머지 사람들이 모인 시간이었다.

김두찬은 구두를 사느라 본의 아니게 늦고 말았다.

그가 홍대역에 도착해서 약속 장소를 향해 열심히 달리는 사이, 이미 모인 멤버들은 김두찬을 안줏거리로 벌써 맥주 한 잔씩을 나누고 있었다.

"트리키 님 왜 이렇게 안 오지?"

"그러게요. 너무 늦네."

"나오겠다고 한 거 뻥 아닐까요?"

"에이, 설마. 나온다고 해놓고 연락도 없이 안 와버리면 길 드 생활 계속하기 힘들지."

"나도 그렇게 신뢰 못 할 사람은 별로."

"내가 뭐라 그랬냐고. 트리키 님 분명 안여돼라니까? 용기 내서 이번엔 나오려고 했었는데, 갑자기 걱정이 된 거야. 안 나온다에 내 7강 갑옷 건다."

"그 말 진짜죠? 그럼 난 나온다에 한 표."

"저도 안 나올 것 같은데요."

"사람 없는 데서 계속 이런 말 하면 좀 그렇지만 내 생각도 건들지마라 님이랑 같아요."

길드원들이 저희들끼리 갑론을박을 펼치고 있을 때.

짝짝짝!

누군가 박수를 쳐 이목을 집중시켰다.

한눈에 봐도 상당한 미남에다가 호감 가는 얼굴을 한 그는 미러클 길드의 길드장 오들리였다.

"여러분, 이제 그만~ 없는 사람 안줏거리 만들지 말고 사이 좋게 지내요. 하하."

오들리가 나서자 다들 적당히 말을 끊었다.

"트리키 님 이야기는 본인이 오시면 그때 하도록 하죠."

"아, 어제 우리 레이드한 던전에서 숨소리 누나 초반에 누운 거 진짜 코미디 아니었어요?"

"맞아. 나 졸도할 뻔했어."

"그게 진정한 몸 개그지. 쪼렙도 아니고. 푸하하."

"다들 입 닥쳐!"

사람들의 화제가 당장 다른 쪽으로 옮겨갔다.

그만큼 오들리는 이 길드에서 영향력 있는 존재였다.

그가 단순히 길드장이어서만이 아니다.

오들리에겐 사람을 끌어당기는 매력이 있었다. 게다가 그 매력은 남자들보다 여자들에게 더 크게 어필됐다.

해서 미러클 정모엔 여성 유저들도 제법 많이 나왔다.

지금 이 자리만 해도 여자가 5명이나 앉아 있었다.

그녀들은 하나같이 오들리를 호감 가득한 눈으로 바라봤다.

한참 이야기가 무르익어 갈 때였다.

호프집 문이 열리며 한 남자가 들어섰다.

늦봄에 어울리는 깔끔한 패션에 큰 키, 넓은 어깨, 작은 머리에다 조각 같은 얼굴을 가진 비주얼 깡패였다.

그의 등장에 미러클 길드는 물론이고 호프집에 있던 모든 사람의 시선이 집중되었다.

특히 여자들의 눈은 살짝 흔들리기까지 했다.

다들 그 남자의 일행이 누구인지 궁금해하고 있을 때, 그가 가장 사람이 많이 모인 테이블로 조심스럽게 다가와 물었다.

"저 여기가… 미러클 길드 정모 자리인가요?"

그에 오들리가 벌떡 일어나 대표로 물었다.

"네. 혹시… 트리키 님?"

김두찬이 미소 지으며 고개를 끄덕였다.

"네. 맞아요."

"대박……."

테이블에서 누군가의 탄성이 흘러나왔다.

# Liking 17

## 세 가지 능력

미러클 길드의 정모는 보통 술자리를 하기 전에 게임방에 가서 시원하게 레이드 한 번 돌고 오는 게 수순이었다.

하지만 오늘은 인원이 너무 많아서 그걸 포기하고 술자리부터 시작한 것이다.

[호감도를 37포인트 얻었습니다. 보너스 포인트를 분배해 주세요.]

호프집에 들어오자마자 보너스 포인트를 얻었다.

대부분 김두찬을 보고 있는 여자들의 호감도가 올라간 것이다.

남자들도 더러 몇몇이 1 정도 올랐다.

하나 나머지는 호감도 변화가 없었고 또 몇몇은 마이너스로 호감도가 하락했다.

자신과 함께 있는 테이블의 여자가 다른 남자에게 호감을 보이니 자연스레 이는 질투 때문이었다.

그나마 다행인 건 미러클 길드원들 중에서는 호감도가 마이너스까지 내려간 사람은 없다는 것이다.

'전부 익숙해져야 하는 일들이야.'

김두찬은 이제 이런 상황들을 수용하기로 했다.

앞으로는 종종 일어날 현상인데 그때마다 놀라거나 시무룩할 수는 없는 노릇이다.

김두찬은 앉을 자리를 찾는 척하며 길드원들의 호감도 수치를 살폈다.

대부분 50 이상이었다.

얼굴을 본 것은 이번이 처음이지만 그들은 전부터 김두찬을 알고 있는 상황이었다.

이번에 잠깐 안여돼 논란이 있었으나 그건 확인된 사실이 아니었고, 그저 짐작일 뿐이었다.

기본적으로는 다들 김두찬을 호감으로 생각하고 있었다.

때문에 애초부터 호감도가 50 이상일 수 있었던 것이다.

'시작이 좋다.'

만족스러운 스타트였다.

그런데 앉을 자리가 없었다.

"빈자리가 없네요?"

그러자 여자들의 눈이 번뜩였다.

이왕이면 김두찬을 자기 옆에 앉히고 싶었다.

하지만 이런 자리에서 당당하게 나설 수 있는 여자는 단 한 명밖에 없었다.

"그럼 내 옆에 앉으면 되겠네~ 동생!"

김두찬의 시선이 당찬 여인에게 향했다.

등까지 내려오는 머리를 금발로 염색해 글램펌을 하고서 붉은색 원피스를 입은 육감적 몸매의 그녀는 거친숨소리였다.

몸매도 몸매지만 얼굴도 제법 섹시했고 짓고 있는 표정 역시 도발적이었다.

김두찬은 그녀가 거친숨소리라는 것을 대번에 알 수 있었다.

"숨소리… 누나예요?"

"딱 봐도 섹시한 여자가 나밖에 없지?"

거친숨소리는 자기 옆에 공간을 만들어 빈 의자를 끌고 왔다.

"앉아~ 트동생."

트동생.

거친숨소리가 트리키 김두찬을 부르는 애칭이다.

김두찬은 거친숨소리 옆에 앉았다.

그러자 오들리가 정식으로 인사를 건넸다.

"트리키 님, 진짜 반가워요. 근데 이렇게 미남일 줄은 몰랐네요."

그렇게 말하는 오들리도 꽤나 미남이었다.

하지만 김두찬이 등장하는 순간 오들리의 미모는 빛을 잃었다.

그때 거친숨소리가 한마디 거들었다.

"아까 트동생이 안여돼일 것 같다고 말했던 인간 손들어."

안여돼라는 단어에 김두찬의 가슴이 철렁했다.

"안여돼요?"

저도 모르게 반문하자 거친숨소리가 키득거렸다.

"트동생 여태 한 번도 정모 나오지 않았잖아. 그래서 안여돼 아니냐는 여론이 잠깐 고개를 들었었지. 뭐 작은 해프닝이었어. 신경 쓰지 마."

"네, 신경 안 써요."

말은 그렇게 했지만 신경이 안 쓰일 수 없었다.

일주일 전만 해도 김두찬은 안여돼가 맞았으니까.

그런데 그런 김두찬의 마음을 보듬어 주는 음성이 들려왔다.

오들리였다.

"그런 거 진짜 별로라고 생각해요. 자꾸 외모 가지고 사람

평가하는 거. 그러니까 아까 그런 얘기했던 분들도 앞으로는 그러지 않았으면 좋겠어요."

"그냥 농담으로 해본 얘기죠."

"그래. 하도 정모를 안 나오니까 '그런 거 아닐까?' 했던 거지 뭐."

"그렇다면 다행이고요. 그럼 모임이 처음인 트리키 님도 오셨으니까 자기소개부터 거국적으로 해볼까요?"

오들리는 금세 분위기를 주도했다.

김두찬이 그런 오들리의 머리 위를 살폈다.

호감도 수치가 68이었다.

'이 사람은 진심이다.'

정지훈에게 하도 당한 게 많아서 오들리의 모습이 가식인 건 아닌지 걱정했다.

하지만 그럴 필요가 없었다.

오들리는 정말로 친절한 사람이었다.

"나부터 시작할게."

거친숨소리가 손을 들고 나섰다.

"게임 닉은 거친숨소리. 본명은 이예지. 30살. 미혼. 게임 회사 재직 중. 끝!"

이예지의 자기소개가 끝나자 박수가 쏟아졌다.

그녀가 오른쪽에 앉아 있던 여인의 옆구리를 쿡 찔렀다.

"오른쪽으로 돌자. 네 소개해."

"네? 아… 제 닉네임은 이보넬이고요. 이름은 채소다고요. 21살이고, 부끄럽지만 백수예요."

채소다가 자기소개를 할 때 남자들의 얼굴은 그저 흐뭇했다.

김두찬이 길드 모임 남자 비주얼 톱이라면 채소다는 여자 비주얼 톱이었다.

물론 이예지도 예뻤지만 채소다는 넘사벽의 미모를 자랑했다.

작은 얼굴로 오목조목 박힌 이목구비는 따로 떼놓고 봐도 합쳐놓고 봐도 예뻤고, 피부는 백설같이 하얗다.

짧게 커트한 단발머리는 상큼한 느낌을 더해줬다.

아담하지만 나올 곳은 나오고 들어갈 곳은 들어간 옹골찬 몸매 또한 일품이었다.

'예쁘다.'

김두찬도 그녀가 예쁘다고 생각했다.

하지만 거기서 끝, 그 이상의 어떠한 감정은 갖지 않았다.

그는 지금 이런 모임에 나온 것 자체가 흥분되는 일이었다.

신세계를 경험하는 중이니만큼 이런저런 것들이 눈에 다 들어오기란 힘들었다.

자기소개는 여러 사람을 거쳐 오들리의 차례가 되었다.

"안녕하세요. 미러클 길드의 길마 오들리입니다. 본명은 정이율입니다. 올해로 스물일곱. 직장은 없고 주식 투자를 해서 소소하게 먹고 사는 중입니다. 잘 부탁드립니다."

정이율이 자기소개를 마친 그때였다.

[퀘스트 발동 ─ 새로운 능력 세 가지를 얻으세요. 0/3]

세 번째 퀘스트가 나타났다.

'어? 세 가지 능력을 얻으라고?'

타인의 능력을 익히려면 그 사람의 호감도를 100으로 만들어야 한다.

마냥 쉬운 일만은 아니다.

그런데 퀘스트 내용은 거기서 끝이 아니었다.

[제한 시간: 5시간. 퀘스트 실패 시 무작위 능력 하나가 영구적으로 삭제됨.]

갑자기 제한 시간이라는 것이 추가됐다.

'로나, 이게 뭐야?'

─말 그대로 제한 시간이랍니다.

'여태껏 제한 시간 같은 거 없었잖아. 게다가 5시간이라니… 이건 좀 무리 아닌가?'

─인생 역전은 절대 무리한 퀘스트를 주지 않는답니다. 지금 두찬 님이 놓인 상황을 냉정하게 판단해 보세요. 가능성이

충분하다고 느끼실 거랍니다.

로나의 말이 맞았다.

길드원들의 호감도는 전부 50 이상.

노골적으로 관심을 보이는 이예지의 경우 이미 76까지 올라 있는 상태였다.

김두찬이 게임 속에서 쌓아놓았던 천사 이미지에 지금의 비주얼이 합쳐지며 일어난 시너지 효과다.

'알겠어. 해볼게.'

─시간은 계속 흐른답니다. 퀘스트 실패해서 능력 하나를 잃어버리는 패널티를 당하지 않도록 주의해 주세요. 자칫 잘못해서 외모가 사라져 버리면 큰일이니까요.

상상만 해도 오싹해진다.

'그럴 수는 없지.'

김두찬이 사람들의 호감도를 어떻게 올리면 좋을지 고민하고 있을 때, 그의 앞에 맥주잔 하나가 불쑥 들이밀어졌다.

"미안하다."

대뜸 맥주잔을 건네며 사과를 하는 사람은 스포츠머리에 거친 인상을 가진 사내였다.

청바지에 민소매, 그리고 가죽재킷을 걸친 그는 닉네임 건들지마라였다.

'이분 본명이 성진태였지. 나이는 스물여덟.'

김두찬은 성진태가 내민 맥주잔을 받았다.

성진태는 빈 잔에 맥주를 콸콸 채워주고는 말을 이었다.

"네가 안여돼일지도 모른다고 가장 먼저 의심한 게 나다. 이해해라."

그는 넷상에서 하던 것처럼 김두찬에게 말을 놓았다.

의심이 많지만 쿨하고 뒤끝 없는 타입이었다.

김두찬을 향한 그의 호감도는 69였다.

"아니오, 괜찮아요."

"오늘 한잔 쭉 마시고 풀자."

"풀 것도 없어요. 진짜 괜찮아요."

"새끼, 성격 좋네."

성진태가 시원하게 웃었다.

이윽고 본격적인 술자리가 시작됐다.

길드원들은 안주와 술을 즐기며 게임에 관한 이런저런 얘기를 나눴다.

그러다가 화제가 김두찬에게로 자연스레 몰렸다.

아무래도 다른 사람들은 면식이 있는데 김두찬은 처음이니 궁금한 게 많을 터였다.

김두찬은 사람들의 질문 공세에 당황하지 않고 하나하나 답해주었다.

별것 아니지만 그 모습이 또 괜히 성실하게 보여 일제히 몇몇 사람들의 호감도가 올라갔다.

'23포인트 들어왔다. 뭐만 하면 올라가는구나.'

속으로 신이 나는 김두찬이었다.

술이 한 잔, 두 잔 비워지며 이제 모두가 김두찬에게 말을 편히 놓았다.

이 자리에서 김두찬이 가장 막내다 보니 절로 그리된 것이다.

그렇게 한창 이야기꽃을 피우는 와중 정이율이 김두찬의 옷을 지그시 살폈다.

"두찬아. 그런데 집에 돈이 좀 있는가 봐?"

"네?"

"옷이 하나같이 명품인데. 몽끌레어에 디올 옴므에 시계는 롤렉스지?"

"…네?"

김두찬은 자기가 걸치고 있는 것이 명품인지 전혀 몰랐다.

처음 듣는 얘기인지라 살짝 놀랐지만 가색을 감추려고 노력했다.

"신고 있는 것만 빼고 걸친 건 죄 명품이야. 저게… 다 하면 천만 원은 거뜬히 넘겠는데."

"천만 원?!"

성진태가 버럭 소리쳤다.

김두찬의 옆자리에 앉아서 줄곧 추파를 던지던 이예지도 눈이 튀어나올 듯 휘둥그레졌다.

그녀의 호감도가 87로 솟구쳤다.

"너 금수저였니?"

이예지가 대놓고 물었다.

김두찬은 고개를 저었다.

"아니오. 그런 건 아니고요."

사실 지금 누구보다 놀란 건 김두찬 본인이었다.

설마 정미연이 건네준 옷들이 그렇게 비싼 것일 줄은 상상도 못 했다.

'천만 원이라니……'

침이 꼴깍꼴깍 넘어갔다.

순간 족구할 때 입었던 옷도 그만한 가치가 있는 건 아니었나 싶었다.

'하이고, 미친놈아.'

스스로를 자책한 다음에는 의문이 들었다.

정미연은 어쩌자고 그런 고가의 옷들을 아무렇지 않게 넘겨준 걸까? 게다가 그렇게 돈 많은 사람이 버스는 왜 타고 다니는 거야? 당장이라도 전화해서 물어보고 싶었지만 그럴 상황이 아니었다.

이예지가 눈에 불을 켜고서 질문을 던졌다.

"부모님 무슨 일 하시는데?"

"요식업 하세요."

그 대답에 이예지의 호감도가 또다시 94로 변했다.

"아, 요식업. 그렇지. 요식업이 대박 나면 그게 또 무시 못

하니까. 내 동창 중에 조금 일찍 결혼한 애가 있는데, 남편이랑 지금 중학교 앞에서 분식집 하거든? 근데 그 작은 분식집에서 달에 만지는 돈이 기백이라잖아. 것도 순수입으로."

이예지가 주변 사례를 들어 말했다.

그러자 사람들이 그녀의 말에 휩쓸려 고개를 주억거렸다.

"와, 그렇구나."

"두찬이네 부모님 요식업계 큰손이었던 거야?"

갑자기 분위기가 이상한 쪽으로 흘러 큰 오해가 생겼다.

김두찬이 손을 절레절레 저으며 대충 얼버무렸다.

"아니오. 큰 손은 아니에요."

이예지가 그런 김두찬의 말을 곡해해서 들었다.

"어머나, 겸손 떠는 것 봐. 애초에 겸손하려면 옷부터 다운 그레이드해서 입어, 애. 호호호."

이예지의 농담에 살짝 경직되려던 분위기가 확 풀렸다.

사람들은 전보다 더 열정적으로 김두찬에게 이것저것을 물었다.

아울러 김두찬은 45나 되는 보너스 포인트를 더 받았다.

'이런 분위기라면 충분히 세 명의 호감도는 100을 칠 수 있겠어.'

김두찬이 그런 생각을 하고 있는데, 옆에서 알코올이 섞인 뜨거운 숨결이 느껴져 고개를 돌렸다.

이예지가 가까이 다가와서 김두찬의 얼굴을 빤히 바라보고 있었다.

"왜요?"

"어쩜 피부까지 이렇게 좋을 수가 있어?"

순간 이예지의 호감도가 100으로 변했다.

그녀의 정수리에서 빠져나온 빛 무리가 김두찬의 몸 안으로 스며들었다.


[상대방의 가장 뛰어난 능력을 익혔습니다. 보너스 스탯이 추가되었습니다.]

[퀘스트: 새로운 능력 세 가지를 얻으세요. 1/3

제한 시간: 4시간. 퀘스트 실패 시 무작위 능력 하나가 영구적으로 삭제됨.]


김두찬이 얼른 상태창을 띄웠다.

# Liking 18

## 겜블링(Gambling)

새로 얻은 능력은 '매혹'이었다.

'이거구나. 예지 누나의 가장 뛰어난 능력.'

이예지라는 사람을 냉정하게 본다면 크게 대단할 것 없는 여인이다.

평범한 가정에서 태어나 평범하게 자랐다.

무난한 성적으로 고등학교를 졸업해 대학에 입학했다.

졸업 뒤엔 전공을 살려 소규모 게임 개발사에 입사했다.

이후로는 회사가 망해도 다른 회사에 취직하며 죽 근근하게 벌어먹고 사는 중이었다.

유일한 무기라고 한다면 외모다.

하지만 그 외모 역시 특출하게 아름다운 것은 아니다.

다만, 일반적인 여인들에 비해 색이 더 풍겨났다.

그것이 이예지의 전부다.

그럼에도 사람들은 이예지에게 집중하고 그녀의 말이라면 일단 수긍하고 볼 때가 많았다.

바로 본인도 모르는 그녀의 능력 매혹 때문이었다.

이예지에게는 사람을 빨아들이고 홀리는 무언가가 있었다.

사람마다 매력이 다 다르다고 한다.

이예지의 이런 매력은 매혹이라는 능력에서 발현되는 것이다.

김두찬에게 이 능력은 가뭄에 내리는 비만큼 값졌다.

'매혹의 랭크를 올리면 사람들의 호감도를 더 빠르게 올릴 수 있지 않을까?'

김두찬은 당장 매혹에다 100포인트를 투자했다.


[매혹의 랭크가 E로 업그레이드됐습니다. 랭크 업 특전이 주어집니다. 선택지 프로그램이 업그레이드됩니다. 겜블링(Gambling)이 추가됩니다. 활성화 확률은 20퍼센트입니다.]


'선택지 프로그램 업그레이드? 겜블링이라는 게 뭐야, 로나?'

김두찬의 물음에 로나가 바로 대답했다.

—백문이 불여일견. 직접 경험해 보는 게 좋겠죠?

로나의 말이 끝나자마자 성진태가 말을 걸어왔다.

"두찬아. 이건 순수하게 정말 궁금해서 물어보는 건데, 여태까지는 왜 정모에 안 나왔던 거냐?"

―여기서 선택지 따란~!

로나의 신호에 선택지가 떴다.

[Gambling 활성화!

내게 정모에 나오지 않았던 이유를 물어보는 성진태. 하여튼 궁금한 것도, 의심도 많은 사람이다. 내 대답은?

1. 개인적인 사정이 좀 있었어요.

2. 미성년자였잖아요. 술도 못 마시는데 나와서 뭐 해요.]

여태까지의 선택지와는 달리 위에 겜블링 활성화라는 글이 적혀 있었다.

'음… 이래저래 귀찮은데. 이건 1번.'

김두찬이 선택지를 결정하자마자 입이 저절로 움직였다.

"개인적인 사정이 좀 있었어요."

"뭐 이렇게 두루뭉술 대답해? 그러니까 그 사정이 뭐였냐고."

성진태의 음성이 살짝 퉁명스러워졌다. 동시에 그의 호감도가 2 하락했다.

'어? 호감도가 하락했어.'

─대답을 잘못했기 때문입니다.

'보통 이런 식으로 호감도가 바로 하락하지는 않았잖아?'

─그게 겜블링 시스템의 묘미랍니다. 어떤 걸 선택하느냐에 따라 호감도가 '반드시' 감소하거나 상승하죠.

이번 특전은 김두찬에게 무조건 이득만을 가져다주는 건 아니었다.

그의 선택에 따라 호감도를 얻을 수도, 잃을 수도 있다.

그렇게 생각하면 억울할 수도 있었다.

지금까지의 특전은 무조건 김두찬에게 이득만을 가져다주었기 때문이다.

하지만 김두찬은 그렇게 생각하지 않았다.

'주어진 상황 안에서 기회를 만들어낸다.'

어차피 이 게임은 한 번 진행된 상황을 되돌리지 못한다.

게임 자체가 김두찬의 현실 세계에 동화되어 있기 때문이다.

흘러간 시간을 잡을 수 없는 게 현실이다.

김두찬의 진취적인 자세를 로나가 칭찬했다.

─바로 그 정신이랍니다, 두찬 님. 아울러 겜블링이 떴을 땐 선택지가 적어도 세 번 이상 연속으로 뜬답니다. 두찬 님은 그 안에서 계속 옳은 답을 찾아내야 하겠죠? 건투를 빌게요.

로나의 말이 끝나자 다시 선택지가 떴다.

[Gambling 활성화!

내게 정모에 나오지 않았던 이유를 물어보는 성진태. 하여튼 궁금한 것도, 의심도 많은 사람이다. 내 대답은?

1. 그냥 그런가 보다 해주세요.

2. 미성년자였잖아요. 술도 못 마시는데 나와서 뭐 해요.]

김두찬은 이번에 2를 선택했다.

"미성년자였잖아요. 술도 못 마시는데 나와서 뭐해요."

그에 성진태의 호감도가 3이 올랐다.

"그건 그렇지. 그래도 술만 마시는 건 아니잖아. 보통은 정모 때 겜방에서 먼저 보는데. 게임만 하고 들어가면 되는 일 아니냐?"

[Gambling 활성화!

1. 그때는 정모에 딱히 관심이 없었어요.

2. 저 고3이었잖아요. 수험생이라 게임도 눈치 보면서 했던 거였어요.]

이번엔 지문 없이 선택지만 떴다.

김두찬은 2번을 선택했다.

그의 대답에 성진태가 납득한 얼굴로 고개를 끄덕였다.

"하긴. 수험생이면 그런데 쓸 시간이 아까울 때지."

성진태의 호감도가 다시 5 상승했다.

"그래서 나와보니까 소감이 어때?"

[Gambling 활성화!

1. 즐거워요.

2. 벌써부터 다음 모임이 기대되는데요?]

여기서 김두찬은 약간 고민했다.

성진태는 의심이 많으나 담백하고 시원시원하다.

그런 사람에게 지나친 아부는 오히려 화가 될 수도 있었다.

'1번!'

"즐거워요."

김두찬이 빙긋 웃으며 말했다.

성진태는 그런 김두찬을 보며 마주 미소 짓더니 머리를 가볍게 쓰다듬어 줬다.

"느끼하지 않아서 좋네, 새끼."

성진태의 호감도가 이번엔 7이나 올랐다.

그리고 새로운 메시지가 나타났다.

[Gambling 종료.]

겜블링이 종료되었다.

'휴.'

김두찬이 속으로 안도의 한숨을 내쉬었다.

갬블링은 선택을 잘못하면 호감도가 깎이는 만큼 사람을 바짝 긴장하게 만들었다.

하나 제대로 된 선택을 하면 한 번에 많은 호감도를 얻을 수 있었다.

하이 리스크 하이 리턴이다.

─훌륭하게 잘 해내셨어요, 두찬 님. 선택이 어려우셨나요?

'심장이 조금 쫄깃해지긴 하는데, 할 만해. 그나저나 20퍼센트라.'

선택지가 10번이 뜬다고 하면 그중 두 번은 활성화가 될 수 있다는 얘기다.

'가만. 이거 그렇게 긴장할 필요가 없잖아.'

갬블링을 잘못해서 떨어진 상대방의 호감도는 다시 올리면 그만이다.

김두찬이 모아놓은 포인트가 깎이는 건 아니니까.

물론 까먹은 호감도는 다시 올려도 보너스 포인트로 돌아오지 않는다는 것과, 조금 더 수고스러워진다는 단점이 있다.

그러나 제대로 된 선택을 했을 때 돌아오는 이득을 생각하면 그건 별게 아니었다.

그렇다면 이 갬블링 시스템이라는 것이 빈번이 일어나 주는 게 김두찬에게는 좋았다.

'확률이 높았으면 좋겠는데. 랭크를 업그레이드시키면 활성화 확률이 올라가나?'

─투자해 보시면 알겠죠?

김두찬이 상태창을 열어 보너스 포인트를 확인했다.

사용하지 않고 누적된 게 59였다.

매혹을 업그레이드하려면 41이 모자랐다.

김두찬이 아쉬움에 입맛을 쩝 다시고 술을 마시려 할 때였다.

"두찬이가 즐겁다니까 나도 즐겁다."

김두찬과 성진태의 대화를 듣고 있던 정이율이 슬쩍 끼어 잔을 들이밀었다.

그의 호감도는 또다시 5가 올라 있었다.

정이율뿐만이 아니었다.

김두찬의 목소리가 닿는 범위 내에 있던 모든 길드원들의 호감도가 적게는 3에서 크게는 7까지 상승했다.

모두 은연중 김두찬의 얘기에 귀를 기울이고 있었다는 것이다.

그리고 이 자리가 즐겁다는 김두찬의 한마디에 호감도가 일제히 올라갔다.

그것이 매혹의 힘이었다.

덕분에 김두찬은 42나 되는 보너스 포인트를 얻었다.

그리고 누적 보너스 포인트는 101이 됐다.

'옳거니!'

김두찬이 얼른 100포인트를 매혹에 투자했다.


[매혹의 랭크가 D로 업그레이드됐습니다. 랭크 업 특전이 주어집니다. 겜블링 활성화 확률이 30퍼센트가 됩니다.]


김두찬의 입가에 스르르 미소가 걸렸다.

그 미소를 본 사람들은 뭔가에 홀린 듯 기분이 좋아졌다.

여인들 중 몇몇은 가슴이 살짝 요동쳤다.


[호감도를 32포인트 얻었습니다. 보너스 포인트를 분배해 주세요.]


랭크가 하나 더 올라가니 주변 사람들이 더 격하게 반응했다.

완전히 호감도 풍년이다.

그저 미소 한 번 지었을 뿐인데 보너스 포인트가 들어왔다.

'매혹… 정말이지 화끈한 능력이야.'

가뜩이나 킹카 비주얼로 거듭난 김두찬이었다.

거기에 매혹이란 능력까지 생겼으니 호랑이에게 날개를 달아준 격이었다.

기분이 좋아진 김두찬이 저도 모르게 건배 제의를 했다.

"다들 건배 한번 하시죠~!"

그러자 사람들이 피식 웃으며 일제히 잔을 들어 올렸다.

"우리 막내가 하자는데 해줘야지."

"거국적으로 해보자, 그래!"

"미러클 길드의 무궁한 발전을… 위하여?"

이런 건배 제의를 한 번도 해본 적 없는 김두찬이었다.

그래서 말끝을 조금 흘렸다.

한데 그마저도 사람들의 눈에는 귀엽기 그지없었다.

길드원들이 단체로 '건배~!'하며 합창을 했다.

잔이 부딪히고 김두찬의 목으로 시원한 맥주가 들어왔다.

"크으!"


[호감도를 49포인트 얻었습니다. 보너스 포인트를 분배해 주세요.]


덩달아 호감도도 들어왔다.

김두찬이 술보다 분위기에 취해 있을 때 로나의 의지가 전해졌다.

―두찬 님.

'응?'

―호감도가 오른다고 다가 아니랍니다. 너무 붕 뜨시면 안 돼요.

'그게 무슨 말이야?'

─호감도는 말 그대로 상대방이 날 얼마나 호감으로 생각하느냐 하는 것일 뿐, 그게 그 사람과의 친밀도를 알려주는 척도가 되지는 않는답니다.

'친밀도?'

─여기에 대해서는 나중에 다시 알려주도록 할 테니 지금은 즐기세요.

로나는 거기에서 말을 끊었다.

김두찬은 뭔가 찝찝했지만 로나가 더 얘기할 생각이 없는 듯해 우선은 그냥 넘기기로 했다.

\*　　　\*　　　\*

김두찬의 매혹 능력은 사람들이 들이붓는 술로 인해 더욱 큰 시너지를 발휘했다.

맨정신으로 김두찬을 봐도 홀려 버리는데 술까지 들어가니 정신을 빼앗기고 말았다.

김두찬은 술자리를 이어나가는 동안 137포인트를 더 얻었다.

그에 누적 포인트는 219가 됐다.

그중에서 200포인트를 당연히 매혹에 투자했다.

매혹의 랭크는 두 단계 상승해 B로 변했고 겜블링의 활성화 확률은 50퍼센트가 되었다.

김두찬에게는 지금 이 길드 정모가 완전히 물 반 고기 반인 판이었다.

하지만 신이 나서 중요한 사실을 잊어버리면 안 된다.

김두찬에게는 현재 퀘스트 하나가 걸려 있다.

남은 제한 시간은 3시간.

그 안에 세 가지 새로운 능력을 더 익혀야 한다.

사람들의 머리 위에 뜬 호감도는 대부분 70을 넘긴 상태였다.

'한 번 더 겜블링이 활성화되면 좋겠는데.'

호감도가 높은 사람과 겜블링을 해서 호감도를 크게 올리면 능력을 익히기가 쉬워진다.

그런데 김두찬의 염원이 하늘에 닿은 모양이다.

한껏 술이 오른 정이율이 화장실에 가다가 발을 헛디뎌 옆 테이블 남자의 어깨를 툭 치고 말았다.

"아, 죄송합니다."

"거 좀 보고 다니지?"

남자는 대뜸 반말을 했고 이를 본 성진태의 눈매가 매서워졌다.

그때 선택지가 떴다.

[Gambling 활성화!

술에 취한 정이율의 실수로 옆 테이블 남자의 기분이 언짢아졌다. 사과를 했으니 충분히 좋게 넘어갈 수도 있으련만 예의 없는 남자의 말투에 성진태가 욱하려는 상황! 난 어떻게 행동할 것 인가?

1. 지켜본다.
2. 끼어든다.]


여기서 지켜보면 성진태가 나서서 싸움이 나거나, 정이율이 어떻게든 상황을 정리하거나 둘 중 하나가 될 공산이 컸다.

그렇게 되면 김두찬이 점수를 딸 기회는 사라진다.

김두찬은 2번을 선택했다.

그의 몸이 저절로 움직이며 옆 테이블 남자 앞으로 향했다.

남자가 그런 김두찬의 얼굴을 꼬나봤다.

정이율은 김두찬을 말렸다.

"두찬아, 들어가 앉아 있어. 내가 알아서 할게."

아무래도 그는 김두찬이 화를 내려는 줄 알고 있는 모양이다. 그래서 불안함이 보였으나 그 안에 고마움도 공존했다.

자신을 위해 나서주었기 때문이다.

현재 정이율의 호감도는 90이었는데, 방금의 선택으로 3포인트가 올라갔다.

'좋아.'

이윽고 두 번째 선택지가 떴다.


[Gambling 활성화!

1. 네? 뭐가요? 화장실 가려던 거 아니었어요? 같이 가요~!
2. 형, 제가 잘 해결할 테니 앉아 계세요.]

김두찬은 이번엔 1번을 선택했다.

2번도 나쁘지 않았다.

우선 남자가 김두찬의 키와 덩치를 보고서 취한 와중에도 움찔하는 걸 포착했다.

아울러 모든 길드원들의 시선이 자신에게 집중되어 있으니 그 많은 머릿수에 살짝 위축된 것 또한 느껴졌다.

그럼에도 1번을 선택한 건 이 겜블링의 대상이 정이율이었기 때문이다.

그는 평화적인 사람이다.

김두찬이 정이율에게 살갑게 말하며 그를 화장실 쪽으로 밀어붙였다.

정이율은 못 이기는 척 밀려가며 시비가 붙을 뻔했던 남자에게 고개 숙여 다시 한 번 사죄의 뜻을 전했다.

그러자 그 남자도 더는 뭐라고 하지 않았다.

여기서 더 판 키워봤자 자신이 득 볼 게 없기 때문이다.

김두찬의 재치와 문제 해결 방식에 정이율의 호감도는 96이 되었다.

'4 남았다!'

두 사람은 화장실에 들어가 나란히 소변기 앞에 섰다.

김두찬은 상황을 모면하려고 화장실에 온 것뿐인데 막상 또 맘먹으니 소변이 나왔다.

"두찬아. 고맙긴 한데 그렇게 하면 자존심 상하지 않아? 왜 남자들은 좀 호전적이기도 하고 그렇잖아."

정이율은 김두찬이 어떤 대답을 할지 궁금해서 이런 질문을 던졌다.

[Gambling 활성화!

1. 무슨 일 있었어요?

2. 괜찮아요. 그런 일에 자존심 상하지 않아요.]

선택지를 보자마자 김두찬은 피식 웃고서 1번을 선택했다.

"무슨 일 있었어요?"

생각지도 못했던 김두찬의 넉살에 정이율이 기분 좋게 웃었다.

"아하하하하! 아냐, 아냐. 다 봤으면 들어갈까?"

"네, 형."

정이율이 김두찬에게 어깨동무를 했다.

그에게는 방금 김두찬이 한 대답이 상대방에 대한 배려로 다가왔다.

어찌 되었든 실수를 한 정이율의 입장에서는 민망할 수 있는 일이다.

그런데 김두찬은 무슨 일 있었냐고 너스레를 떨었다.

그 마음 씀씀이가 참 좋았다.


[호감도를 4포인트 얻었습니다. 보너스 포인트를 분배해 주세요.]

[Gambling 종료.]


'호감도 100!'

정이율의 머리 위에 뜬 호감도가 100이 됐다.

그의 정수리에서 흘러나온 빛이 김두찬에게 갈무리됐다.

그리고 김두찬의 상태창에 '지력'이라는 새로운 능력치가 생겨났다.


[상대방의 가장 뛰어난 능력을 익혔습니다. 보너스 스탯이 추가되었습니다.]

[퀘스트: 새로운 능력 세 가지를 얻으세요. 2/3

제한 시간: 3시간. 퀘스트 실패 시 무작위 능력 하나가 영구적으로 삭제됨.]

# Liking 19
## 따뜻한 밤

'지력!'

정이율에게서 얻게 된 능력은 지력이었다.

아직은 그것이 어떻게 작용할지 알 수 없었지만 꿀 같은 능력임은 틀림없었다.

그런데 상태창을 바라보던 김두찬이 미간을 찡그렸다.

'이거 뭐야?'

갑자기 상태창에 지금까지 못 보던 변화가 일었다.

그러더니 패시브(Passive)와 액티브(Active)라는 항목이 추가됐다.

그것은 기존의 능력치와 방금 얻은 지력을 경계하듯 나누고 있었다.


이름: 김두찬

성별: 남

키: 183㎝

몸무게: 70㎏

Passive

얼굴: 0/1,000(S—초월시각)

몸매: 0/1,000(S—체형 교정)

체력: 0/1,000(S—고양이 몸놀림)

손재주: 0/100(B)

소매치기: 0/100(F)

기억력: 0/100(E)

요리: 0/100(A)

불취(不醉): 0/1,000(S—숙취 해소)

노래: 0/100(F)

매혹: 0/100(B)

Active

지력: 0/100(F)

보너스 포인트: 26

핵: 1

'로나. 왜 갑자기 패시브와 액티브로 나뉘어진 거야?'

─그 두 가지 단어가 무엇을 뜻하는지는 알고 계시겠죠?

'내가 아는 그게 맞다면.'

─맞답니다.

MMORPG 게임을 하다 보면 캐릭터의 스킬 중 패시브 스킬과 액티브 스킬이라는 것이 생긴다.

패시브 스킬은 얻게 되면 캐릭터에 그 능력이 24시간 지속되어지는 것을 말한다.

반대로 액티브 스킬은 캐릭터가 사용해야 발휘되는 능력이다.

이 경우 능력의 지속 시간에 한계가 있고, 한 번 사용한 다음에는 다시 사용하기 전까지 일정 시간을 기다려야 한다.

이 기다리는 시간을 쿨 타임이라 부른다.

─그렇다면 설명이 쉽겠네요. 지력은 상태창에 보이는 대로 액티브 능력입니다. 두찬 님께서 처음으로 얻은 액티브 능력이라 상태창이 패시브와 액티브로 구분되어진 거죠.

'그럼 지력을 필요할 때마다 활성화시켜서 사용한단 말이야?'

─그렇답니다. F랭크 지력에 대한 정보를 더 자세히 보고 싶으시다면 의지를 일으켜 보세요.

김두찬은 시키는 대로 했다.

그가 머릿속으로 지력에 대한 자세한 정보를 원했다.

그러자 상태창이 사라지며 지력에 대한 설명창이 떴다.

[지력: F랭크. 액티브 능력. 하루에 한 번, 1분 동안 알고 있는 모든 지식을 한 번에 꺼내 확인, 분석할 수 있다. 랭크가 오를수록 지속 시간이 늘어난다. 매일 자정을 기준으로 활성화된다.]

한마디로 1분 동안 초인적으로 뇌를 굴릴 수 있게 된다는 것이다.

한데 하루에 한 번, 그것도 1분 한정이다.

'너무 짧은데.'

하지만 랭크가 올라가면 지속 시간이 늘어난다고 하니 아직 두고 볼 일이다.

'그럼 지력에 투자하는 포인트는 날 똑똑하게 해주는 게 아니라 오로지 능력을 랭크 업만 해주는 거야?'

─지력을 얻었더니 이해가 빠르시네요. 짝짝짝.

지력에 투자하는 포인트가 본인의 스마트함을 높여주는 게 아니냐 물었건만 저런 대답이 돌아왔다.

'말이 이상하잖아. 내 얘기가 맞다는 거야, 아니라는 거야.'

─제 유머를 선뜻 이해 못 하셨네요. 맞다는 얘기랍니다.

…이게 놀리나.

김두찬이 속으로 툴툴거리며 다시 테이블에 합류했다.

잠시 화장실에 갔다 온 사이 성진태는 주종을 맥주에서 소주로 바꿔 열심히 목을 적시고 있었다.

성진태를 따라 몇몇 사람도 소주로 갈아탔다.

"두찬아. 너도 한잔하자."

성진태의 혀가 조금 꼬여 있었다.

그가 자기 잔을 비우고서 김두찬에게 건넸다.

김두찬이 그것을 받자, 소주를 가득 채워줬다.

"쭉 마셔!"

"네."

김두찬이 마다 않고 소주를 탁 털어 넘겼다.

그걸 본 성진태가 신이 나서 박수를 쳤다.

"하하하! 너 진짜 잘 마신다. 마음에 들어!"

"고마워요, 형."

"사실은 내가 사람을 진짜 안 믿거든? 워낙에 의심이 많아서 말이야."

그거는 예전부터 알고 있었다.

얼굴을 보는 건 이번이 처음이지만 게임 속에서의 언행을 보면 성진태라는 사람의 인격이 어느 정도는 그려졌었다.

"그런데 너는 내가 믿겠어."

"저를… 왜요?"

"몰라! 그냥, 정이 가. 아까 그… 옆 테이블 사람이 싸가지 없게 나올 때도 침착하게 잘 대처하더라고."

아마 평소였다면 그 정도 일 가지고 성진태가 김두찬에게 맘을 더 열지 않았을 것이다.

하지만 지금 김두찬의 매혹은 B랭크다.

거기에 술도 상당히 들어갔다.

기분이 업된 데다가 매혹이 계속 김두찬의 존재감을 크게 만들어주니 천하의 성진태도 마음을 열었다.

그의 머리 위에 있는 호감도 수치는 어느새 95까지 올라가 있었다.

'이 모임에서는 어째 여자들보다 남자들의 호감도를 더 빨리 얻는 것 같네.'

아무래도 상관없었다.

어찌 됐든 한 명의 호감도만 더 100으로 만들면 퀘스트 완료다.

김두찬은 마지막 타깃을 성진태로 정했다.

그러고는 그와 계속 술을 대작하며 적당히 말을 받아주었다.

한데 그런 김두찬의 모습을 주변 사람들이 상당히 좋은 시선으로 바라봤다.

성진태는 이 모임에서도 좀 모난 돌 같은 이였다.

나쁜 사람은 아니지만 의심이 많고 성격이 셌다.

그렇다 보니 의도치 않은 험한 말로 사람 마음에 상처를 줄 때가 많았다.

그리고 술이 들어가면 더 거칠어졌다.

그래서 정모를 가질 때마다 사람들은 성진태를 살짝 꺼려했다.

그의 옆자리에 앉지 않으려고 은근히 눈치 게임을 했다.

한데 김두찬은 제일 어리면서도 그런 성진태를 아무렇지 않게 대했다.

성진태 역시 이상하게 김두찬에게만큼은 험한 소리를 하거나 함부로 대하지 않았다.

아니, 그러지 못했다.

김두찬에게서는 뭔가 남들과 다른 기운 같은 것이 느껴졌다.

감히 함부로 건드려서는 안 되는 그런 영역에 선 인간 같았다.

외모, 키, 돈, 가질 건 다 가진 사람이었다.

그런데도 남을 깔보거나 무시하지 않았다.

그게 성진태의 마음을 마구 뒤흔들어 놓았다.

김두찬과 함께하는 시간이 길어질수록 1씩 올라가던 성진태의 호감도가 결국 정점을 찍었다.

"너 진짜 좋은 놈 같다, 두찬아! 이제 형한테 말 놓고 편히 해! 아, 그런데 호칭은 놓지 마라. 마셔!"

성진태가 혼자 신나서 떠들다가 호기롭게 외치고는 김두찬과 잔을 나눴다.

순간 김두찬의 눈에 성진태의 호감도가 들어왔다.

'호감도 100!'

성진태의 정수리에서 빠져나온 빛 무리가 김두찬에게 스며
들어왔다.

[상대방의 가장 뛰어난 능력을 익혔습니다. 보너스 스탯이 추
가되었습니다.]

그가 상태창을 살폈다.

그런데 새로 얻은 능력이 영 아니올시다였다.

'엥?'

성진태에게서 얻은 능력은 불신이었다.

이거는 생각하고 자시고 할 것도 없이 바로 핵으로 갈아버
려야 할 능력이었다.

[퀘스트: 새로운 능력 세 가지를 얻으세요. 3/3]
[퀘스트를 완료했습니다. 보너스 포인트 20이 지급됩니다.]

김두찬의 눈앞에 퀘스트 완료를 알리는 시스템 메시지가
나타났다.

'됐다.'

손등에 있는 하트의 한 조각이 붉은색으로 채워졌다.

김두찬이 기분 좋은 미소를 머금었다.

그때 성진태를 상대하는 김두찬을 지켜보던 이들의 호감도가 일제히 올라갔다.

[호감도를 53포인트 얻었습니다. 보너스 포인트를 분배해 주세요.]

이대로 간다면 오늘 능력 세 개가 아니라 그 이상도 익히게 될지 모를 일이었다.

잔뜩 들떠 있는 김두찬의 머릿속에서 재 뿌리는 음성이 들려왔다.

─그건 두찬 님의 희망 사항일 뿐이랍니다.

로나였다.

'왜? 이 정도면 충분히 가능성 있지 않아?'

─분명 김두찬 님은 이제 타인의 호감도를 전보다 쉽게 얻을 수 있는 위치에 서 있답니다. 하지만 그것과 호감도 100을 찍는다는 건 다른 일이랍니다.

'이해를 잘 못 하겠는데.'

─호감도가 100이 되었다는 건 상대방이 두찬 님께서 범죄를 저질렀다 해도, 일단은 무슨 이유가 있었겠지 할 만큼 믿어준다는 뜻이랍니다. 하지만 이건 쉬운 일이 아니죠. 호감도를 99까지 올리는 건 쉬울지 몰라도 100을 찍는 건 어렵답니

다. 주로미 양의 경우를 떠올려 보시겠어요?

생각해 보니 주로미도 90까지는 호감도가 쉽게 올랐다.

그런데 그 이후 족구에서 김두찬이 멋진 활약을 하고, 술집에서 심진우에게 몹쓸 짓 당할 뻔한 걸 구해줬는데도 호감도는 9밖에 오르지 않았었다.

나중에야 나머지 1이 겨우 올라 그녀의 능력을 익힐 수 있었다.

—1에서 100까지는 별 차이가 없지만 0에서 1은 엄청난 차이가 있는 법이죠. 반대로 게임 인생 역전 내에서는 1에서 99까지는 별 차이가 없지만 99에서 100 사이엔 엄청난 차이가 있는 거랍니다.

'그렇구나.'

김두찬은 로나의 말에 굳이 따지고 들지 않았다.

그녀는 이 게임의 GM이고, 누구보다 시스템에 대해 잘 알고 있을 것이다.

로나의 말은 그냥 받아들이면 되는 일이다.

김두찬은 불신이라는 능력을 파기해 핵으로 만들었다.

술자리는 계속 이어졌다.

1차 술자리가 파하고 나서 사람들은 2차로 자리를 옮기기로 했다.

다른 술집을 찾아가는 와중에도 김두찬은 지속적으로 포인트를 얻었다.

그의 곁을 스쳐 가는 사람, 가게 안에서 술을 마시다 우연히 지나가는 김두찬을 보게 된 사람 등등, 여러 사람들의 호감도가 올라갔다.

2차 자리인 치킨집에 들어가서도 김두찬은 매장 안에 있던 사람들로부터 호감도 포인트를 받았다.

길드원 사람들의 호감도는 전부 85 이상이었다.

다들 김두찬을 좋아했다.

이미 김두찬은 이 모임의 꽃이었다.

그 때문이었을까?

평소보다 빠르게 달린 길드원들은 하나둘 힘들어하기 시작했다.

2차 자리에서 두 시간 정도가 흐른 뒤에는 아예 테이블에 코 박고 자는 사람들도 생겼다.

다들 술에 잡아먹혀 지쳐가는 와중 김두찬만 멀쩡했다.

불취의 능력이 아주 요긴하게 쓰였다.

그는 상태창을 열어 누적된 보너스 포인트를 살폈다.

'649.'

그것이 오늘 하루 동안 모을 수 있는 1,000포인트를 모두 모아 사용할 곳에 사용하고 남은 수치였다.

김두찬은 포인트를 일단 아껴뒀다.

오늘은 퀘스트도 달성했고 보너스 포인트를 더 얻을 수 없으니 남은 건 내일 상황을 보아가며 투자하는 게 현명했다.

한편, 살짝 풀린 눈으로 술자리를 살피던 정이율이 히죽 미소 지었다.

"다들 많이 취했네. 나도 더는 못 먹겠고. 사랑하는 길드원 여러분~ 오늘은 이쯤에서 파하는 게 어떨까요?"

"네에에."

"그게 좋겠네."

"으… 죽겠다."

대답을 하는 사람은 몇 없었다.

하나같이 주량보다 오버해서 마시는 바람에 상태가 좋지 않았다.

이를 본 정이율이 김두찬에게 카드를 내밀었다.

"두찬아. 이걸로 여기 계산해 주고, 미안한데 편의점 가서 숙취 해소 음료랑 약 좀 사다줄 수 있을까?"

"그럼요."

"고마워."

김두찬이 카드를 받아 술자리 계산을 마친 뒤 편의점으로 향했다.

그리고 정이율이 부탁한 것을 사서 돌아왔다.

그런데 사람들 상태가 하나같이 말이 아니었다.

'전부 이대로 들어가면 힘들겠네.'

김두찬은 숙취 해소 음료를 정이율에게 주지 않고 직접 날랐다.

"이율 형이 숙취 해소 음료 사왔어요. 드세요."

"야야, 사온 건 너지."

"형 카드 썼잖아요. 누나. 누나도 이거 드세요."

김두찬은 길드원들에게 일일이 숙취 해소 음료와 알약을 건네주며 은근슬쩍 손을 터치했다.

그때마다 그의 능력 중 하나인 숙취 해소를 발동했다.

정이율은 김두찬을 도와 잠든 사람을 깨워 음료를 먹였다.

다음 순간.

정신없이 힘들어하던 사람들의 정신이 전부 말짱해졌다.

"어?"

"우와, 이거 뭐냐. 확 깨네."

마지막으로 음료와 약을 마신 정이율도 상태가 갑자기 괜찮아지자 눈을 휘둥그레 떴다.

"우리나라 숙취 해소 음료가 이렇게 발전했었나?"

음료가 아닌 김두찬의 힘이었다.

다들 신기해하는 와중 김두찬은 무심코 시간을 확인했다가 신음을 흘렸다.

"으음."

"왜, 두찬아?"

이제 길드원들은 김두찬의 작은 반응에도 관심을 집중했다.

"아… 저기 너무 신나게 놀았나 봐요. 차가… 끊겼어요."

그 말에 이예지가 손을 번쩍 들었다.

"누나 혼자 산다~"

성진태가 그런 이예지를 말렸다.

"어린아이는 건들지 마, 좀. 그리고 두찬이 너 택시 타고 가면 되는 거 아니야?"

"네?"

"잘나가는 요식업계 큰손 자제님이잖아."

"그런 거 아니라니까요. 제가 입고 있는 거 다 짝퉁이에요. 요새 짝퉁이 얼마나 잘 나온다고요."

"엥? 그런 거였어? 그럼 아까 말하지."

"아까는 너무 몰아붙이시니까 경황이 없어서 말 못 했죠."

그에 정이율이 김두찬에게 물었다.

"너만 괜찮으면 형네 집 갈래? 형 여기 오피스텔에서 혼자 살아."

난감하던 차에 반가운 제안이었다.

"그래도 돼요?"

"그럼~ 여러분 두찬이는 제가 챙길게요. 다들 조심히 들어가도록 하세요."

"네. 들어가세요, 길마님."

"오늘 즐거웠다. 이율아. 두찬아."

"다들 바이바이~!"

사람들이 저마다 작별 인사를 건넸다.

그런데 정이율이 머릿수를 세보니 스물둘이었다. 한 명이 없었다. 누가 빠진 건지 슥 훑어보니 바로 답이 나왔다.

채소다였다.

'조금 전까지만 해도 있었는데?'

그때 저 멀리서 누군가가 다다다다 달려왔다.

사라진 채소다였다.

그녀는 한 손에 묵직한 편의점 봉투를 들고 있었다.

"헥헥! 아직 다들 안 가셨네요. 다행이다."

"소다야? 뭘 그렇게 사 온 거야?"

"이거요? 아까 마셨던 숙취 해소 음료요!"

채소다가 편의점 봉투를 살짝 들어 올리며 헤헤 웃었다.

"숙취 해소 음료가 이렇게 좋은 건 줄 몰랐어요. 앞으로 매일 마실래요."

"…그 말은 매일 술 먹겠다는 거니?"

"들켰다!"

'헉!' 하는 채소다의 반응에 모든 사람들이 웃어버렸다.

김두찬의 입에도 미소가 걸렸다.

그녀는 엉뚱하고 생기발랄하며 솔직한 매력이 넘치는 여인이었다.

김두찬을 향한 채소다의 호감도는 90이었다.

"그럼 진짜로 해산할게요~ 두찬아, 그만 가자."

"아, 네."

"안녕히 가세요, 여러분! 그리고 트리… 아니, 두찬 님! 오늘 봐서 즐거웠어요!"

채소다가 인사를 건넸다.

다들 김두찬이 막내라 말을 놓았는데 그녀는 끝까지 말을 놓지 않았다.

김두찬도 해맑게 손을 흔들어 주었다.

채소다가 고개를 꾸벅 숙이고서 편의점 봉투를 휘휘 돌리며 반대 방향으로 걸어갔다.

그 모습을 보며 또 한 번 웃음이 나는 김두찬이었다.

\*　　　　\*　　　　\*

"들어와."

정이율이 오피스텔의 문을 열고 김두찬을 안으로 들였다.

오피스텔은 20평 남짓의 복층 구조였다.

남자 혼자 쓰는 공간답게 가구는 단출했다.

냉장고와 전자레인지, 가스레인지, 드럼 세탁기, 에어컨 등등 풀옵션으로 원래 붙어 있는 것들과 직접 장만한 텔레비전, 침대, 컴퓨터 정도가 전부였다.

장롱과 옷장은 공간 자체에 슬라이딩 붙박이장으로 달려 있었다.

"실례하겠습니다."

김두찬이 주변을 둘러보며 안으로 들어왔다.

그의 눈에 가장 먼저 들어오는 건 컴퓨터 책상이었다.

34인치 모니터와 데스크톱이 떡하니 자리 잡은 긴 책상의 한편에는 서류 수납함이 있었다.

수납함은 자물쇠로 잠겨 있는 상태였다.

그 안에는 정이율이 지금껏 주식에 대해 공부한 7년간의 정보가 전부 담겨 있었다.

별생각 없이 들어왔다가 그것을 보니 김두찬은 그 안의 내용물이 궁금해졌다.

'저 안이 보물 창고인 것 같은데.'

사람의 욕심이라는 게 그렇다.

막상 보물이 든 상자가 눈에 보이니 정이율에게 당장 확실한 종목 몇 개 정도 알려달라 하고 싶었다.

하지만 그럴 수가 없었다.

'이율이 형은 좋은 사람이지.'

정이율은 기본적으로 사람이 선하다. 그리고 김두찬에게 친절을 베풀었다.

처음 만난 것치고는 과한 친절이었다.

물론 그것은 김두찬의 여러 가지 능력으로 인해 플러스된 요소가 분명히 있었다.

그렇다고 해도 그가 좋은 사람이라는 사실은 변하지 않았다.

그래서 처음 만났을 때와는 달리 지금은 그냥 친해지고 싶었다.

이렇게 한 번 보고 데면데면 알고 지내는 게 아니라 더욱 친밀한 관계를 유지하고픈 마음이 컸다.

로나가 말하기를 친밀도는 호감도와 또 다르다고 했다.

호감도라는 건 말 그대로 상대방이 나를 호감 있는 대상으로 보고 있다는 말이다.

그가 나를 형제나 가족처럼 따뜻하게 생각하려면 그것과 별개로 친밀한 사이가 되어야 했다.

'단, 호감도가 100이라면 빠르게 친밀해질 수 있는 게 아닐까?'

그런 김두찬의 생각을 읽은 로나는 속으로 미소 지었다.

그가 인생 역전 게임의 본질을 파악한 것이다.

하지만 굳이 거기에 대해서 이런저런 얘기를 하지는 않았다.

어차피 나중에 자세히 얘기해 줄 기회가 있을 테니까.

"먼저 씻을래? 내가 먼저 씻을까?"

"아, 먼저 씻으세요."

"그래. 심심하면 TV라도 보고 있어."

정이율이 화장실로 들어갔다.

그가 샤워를 하는 동안 김두찬은 자신의 상태창을 살폈다.

김두찬이 인생 역전을 플레이하며 가장 중요시 여겨야 하는 건 상대방의 호감도를 빠르게 얻는 것이다.

그렇다면 가장 필요한 능력은 매혹이다.

이 능력은 김두찬의 존재감을 더욱 커지게 만들어준다.

아울러 사람들이 김두찬에게 이상한 매력을 느껴 확 끌리게 만들었다.

매혹의 버프를 받으면 똑같은 시간을 들이더라도 더 큰 호감도를 얻을 수 있다.

그건 이미 길드 정모에서 확인한 사실이다.

현재 남은 보너스 포인트는 649.

'좋아. 여기에 200.'

김두찬이 망설임 없이 200포인트를 매혹에 투자했다.

매혹의 랭크가 업그레이드되며 시스템 메시지가 나타났다.

[매혹의 랭크가 A로 업그레이드됐습니다. 랭크 업 특전이 주어집니다. 겜블링 활성화 확률이 60퍼센트가 됩니다.]

[매혹의 랭크가 S로 업그레이드됐습니다. 랭크 업 특전이 주어집니다. 겜블링 활성화 확률이 70퍼센트가 됩니다. 럼블(Rumble) 모드가 추가됩니다.]

'럼블 모드?'

김두찬의 눈이 상태창의 하단부에 고정됐다.

거기엔 '매혹: 0/1,000(S-럼블)'이라는 항목이 있었다.

그는 럼블 모드에 대해 자세히 살펴봤다.

[럼블: 하루 한 번. 원하는 때에 선택지를 발동, 겜블링을 활성화시킬 수 있습니다. 이 경우, 겜블링에서 모든 질문에 옳은 답을 선택할 시 상대방의 호감도가 10분 동안 200으로 상승합니다.]

말 그대로 사기적인 스킬이었다.

그래서 이 스킬의 이름도 럼블이었다.

럼블은 카지노 용어로 속임수를 사용하는 행위를 뜻한다.

'그러니까 럼블은 무작위 확률로 발생하는 선택지를 내 의지로 발동시킬 수 있다는 거군. 게다가 겜블링까지 강제 활성화.'

무엇보다 겜블링에서 한 번도 호감도가 낮아지는 선택을 하지 않으면 상대방의 호감도가 10분 동안 200으로 상승한다는 부분이 가장 맘에 들었다.

'끝내주는 힘이다.'

그저 타인의 호감도를 빨리 높일 생각으로 매혹의 랭크를 높인 것이었다.

그런데 이렇게 꿀 빠는 스킬을 얻을 줄은 생각도 못했다.

김두찬이 희희낙락하며 TV를 감상했다.

어느 정도 시간이 흐르고 샤워를 마친 정이율이 나왔다.

그는 옷장에서 편하게 입을 수 있는 반팔과 반바지를 꺼내 김두찬에게 건네줬다.

"새 수건은 화장실 안에 있어. 씻고 이걸로 갈아입어."

"네, 형."

김두찬은 후다닥 샤워를 마치고서 편한 옷으로 갈아입었다.

밖으로 나오니 정이율은 이미 바닥에 이불을 깔고서 누워 있었다.

김두찬도 불을 끄고 침대로 올라가 드러누웠다.

그러자 정이율이 TV를 껐다.

"잘 자라."

"형도요."

두 사람 사이의 대화가 끊기고 어둠 속에 적막만 흘렀다.

김두찬은 그 고요함 속에서 인생 역전에 접속하고 난 이후, 여태껏 자신에게 일어났던 일들을 가만히 떠올려 봤다.

그러자 많은 사람들에게 받았던 친절과 자신을 향해 미소 짓던 얼굴들이 생생하게 나타났다.

당장 과한 친절을 베풀어준 정이율부터 시작해서 정미연, 주로미, 류정아, 재덕이, 그리고 미러클 길드의 모든 사람들에게 고마웠다.

인생 역전에 접속한 이후, 그는 사람들의 따뜻한 마음을 분에 넘칠 정도로 받고 있었다.

그 넘치는 마음은 결국 눈물이 되어 밖으로 튀어나왔다.

김두찬은 자신이 우는 것을 들키지 않으려 애쓰며 이불을 머리끝까지 덮었다.

그렇게 어느 때보다 따뜻한 밤이 지나갔다.

＊　　　＊　　　＊

다음 날.

정이율이 김두찬을 데리고 간 곳은 동네 중, 고등학교 앞 분식집이었다.

오늘은 토요일인 데다 오전 9시임에도 분식집은 학생들로 북적였다.

학생들뿐만 아니라 20대 초반의 커플들의 모습도 제법 보였다.

거의 만석이었지만 운 좋게 한 자리가 비어 있었다.

정이율과 김두찬은 거기에 앉았다.

정이율이 능숙하게 주문을 하고 나서 멍해 있는 김두찬에게 물었다.

"맛있는 거 사준다더니 분식집 데려와서 실망했어?"

"네? 아니요. 저 분식 좋아해요. 그리고 딱 보니까 사람이 바글거리는 게 맛집인데요? 벌써부터 기대돼요."

"기대 이상으로 맛있을 거야."

김두찬은 사실 오피스텔을 나서면서부터 분식집에 들어오는 동안 계속해서 쌓인 포인트에 감탄하는 중이었다.

특히 분식집에 들어서고 나서는 순식간에 89포인트나 들어왔다.

그 안에 있던 모든 여자들의 호감도가 일시에 올라갔기 때문이다.

어제 이미 겪었던 일이지만 아직은 익숙해지지가 않았다.

그래서 명해 있었던 걸, 정이율이 오해를 했다.

두 사람은 이런저런 대화를 나누며 음식을 기다렸다.

한데 그들에게 주변 여고생들의 뜨거운 시선이 쏟아졌다.

당연한 반응이었다.

정이율은 상당한 미남이었고, 김두찬은 연예인 뺨 치도록 잘생겼다.

게다가 둘 다 비율이 좋았다.

그런 남자 둘이서 얼굴에 미소를 담고 대화하는 모습은 그 자체로 그림이었다.

정이율은 그런 시선들이 익숙한지 별로 개의치 않았다.

하지만 김두찬은 상당히 신경 쓰였다.

특히 대놓고 바라보는 몇몇 눈동자가 유독 따가웠다.

그때 주인아주머니가 쟁반에 음식을 담아왔다.

각종 튀김과 떡볶이, 순대 한 접시, 오뎅 두 개가 테이블에 놓였다.

"우리 오뎅은 주문 안 했는데요?"

김두찬이 고개를 갸웃거렸다.

그러자 넉넉한 풍채의 아주머니께서 함박웃음을 지으며 정이율의 어깨를 툭 쳤다.

"이 잘생긴 총각이 단골이라서 단골 서비스 주는 거야. 이 총각 자주 오고 나서는 여고생들이 전보다 더 몰린다니까. 맛있게 먹어요~"

"잘 먹겠습니다."

정이율은 이런 대접을 받는 것 역시 익숙한 모양이었다.

아무렇지도 않게 행동하는 정이율을 김두찬은 존경의 눈으로 쳐다봤다.

"먹자."

"네."

김두찬이 나온 음식들을 집어 먹었다.

과연 정이율이 호언장담한 대로 맛있었다.

순대, 떡볶이, 튀김, 오뎅을 먹을 때마다 머릿속 가상의 책에 레시피들이 저절로 채워졌다.

"맛있지?"

"짱이에요."

김두찬이 감탄하며 열심히 음식을 먹고 있을 때였다.

"저기, 오빠."

난데없이 들려온 오빠 소리에 고개를 돌려보니 제법 예쁜

장하게 생긴 여고생이 서 있었다.

여고생의 얼굴엔 당돌함이 가득했다.

"네?"

"진짜 존잘인 거 알죠? 사진 한 번만 같이 찍으면 안 돼요?"

"저랑요?"

"그럼 제가 오빠한테 물어봐 놓고 다른 사람이랑 찍겠어요? 사진 찍어도 되죠?"

김두찬은 얼떨떨하면서도 기분이 좋았다.

그가 고개를 끄덕이자 여고생은 옆에 붙어 서더니 폰을 셀프캠 모드로 바꿨다.

"오빠 웃어요. 김치~!"

김두찬이 얼른 미소를 지었다.

찰칵!

여고생이 찍힌 사진을 확인하고서 헤실헤실 웃었다.

"완전 화보네. 봐봐요. 잘 나왔죠?"

"응, 그렇네."

"사진 고마워요, 오빠! 식사 맛있게 하세요."

여고생은 친구들이 있는 테이블로 후다닥 돌아갔다.

그녀는 찍은 사진을 다른 친구들이 함께 보며 깍깍댔다.

그 모습을 본 정이율이 피식 웃었다.

"하여튼 요즘 애들은 당차다니까. 생동감 넘쳐서 좋다."

이후로 두 사람은 열심히 배를 채우는 데 집중했다.

　　　　　＊　　　　＊　　　　＊

　분식집에서 나온 뒤, 정이율은 김두찬을 전철역까지 바래다
줬다.

　둘은 작별 인사를 나눈 뒤 헤어졌다.

　김두찬은 지하철을 타고 강변역에서 내려 15번 버스에 몸
을 실었다.

　버스는 40분 정도를 달려 구리에 도착했다.

　김두찬이 집에 들어서니 정오가 다 되어가는 시간이었다.

　"아무도 없네?"

　부모님은 식당에 나갔을 테고, 김두리는 약속이 잡힌 모양
이다.

　부모님에게는 전날 아는 형 집에서 자고 가겠다 연락을 해
두었기에 크게 걱정을 하지 않았다.

　김두찬은 돌아왔다는 문자 하나를 김승진에게 보낸 뒤, 편
한 옷으로 갈아입고 자기 방에 들어갔다.

　집까지 오는 동안 포인트가 또다시 32가 올랐다.

　저장된 보너스 포인트는 611.

　김두찬은 상태창을 열고서 이걸 어디에 투자하면 좋을지
고민했다.

　'어떤 능력을 이용하면 단기간에 빨리 큰돈을 마련할 수 있

을까?' 한참을 생각했다.

그런데 그때였다.


[호감도를 8포인트 얻었습니다. 보너스 포인트를 분배해 주세요.]

[호감도를 3포인트 얻었습니다. 보너스 포인트를 분배해 주세요.]

[호감도를 5포인트 얻었습니다. 보너스 포인트를 분배해 주세요.]

……．


갑자기 호감도가 지속적으로 올라가기 시작했다.

# Liking 20
단기 알바

'어라?'

시스템 메시지는 눈앞을 가득 채우고도 모자라서 계속 위로 밀려났다.

그렇게 잠깐 동안 꾸준히 들어온 포인트가 무려 121이었다.

'갑자기 어디에서 보너스 포인트가 들어오는 거지?'

알 수 없는 노릇이었다.

그런데 잠시 잠잠하던 시스템 메시지가 또다시 마구 올라가기 시작했다.

이번에도 포인트가 조금씩 빠르게 연달아 들어왔다.

그렇게 또다시 145의 포인트를 얻었다.

'이거 혹시?'

김두찬이 정미연에게 메시지를 보냈다.

—**미연 씨, 안녕하세요.**

—**무슨 일이세요?**

답장이 바로 왔다.

—**여쭤볼 게 있어서요.**

김두찬이 다시 메시지를 보냈다.

그러자.

지이이이잉—

바로 전화가 왔다.

김두찬이 전화를 받자마자 정미연 특유의 냉랭한 음성이 귓전에 울렸다.

—물어볼 게 뭔데요?

"혹시 지금 저 나왔던 녹화 영상 틀고 있어요?"

아무리 생각해도 포인트가 들어올 곳은 여기밖에 없었다.

하지만 돌아온 대답은 기대와 달랐다.

—아니요.

"네? 아니라구요?"

—왜요? 틀었으면 좋겠어요? 생각했던 것보다 더 유명세 타고 싶으신가 봐요.

"아니 그게 아니라……."

—요즘 계속 외근에다가 눈코 뜰 새 없이 바빠서 컴퓨터엔

손도 못 댔어요.

"아, 그랬군요."

─더 할 얘기 있어요?

인튜브 영상이 아니라면 대체 어디서 포인트가 들어온 거지?

상황은 더 오리무중으로 빠졌다.

아무튼 전화한 목적은 해결했으니 그만 통화를 끝내려던 김두찬은 문득 다른 것이 질문이 떠올랐다.

"근데 미연 씨. 돈 많으세요?"

어제부터 궁금했던 것이었다.

그걸 이제야 물어보게 됐다.

─네.

정미연의 대답은 간결했다.

"아무리 돈이 많아도 그렇지… 이렇게 비싼 옷을 저한테 선뜻 내주셔서 놀랐어요."

─그때는 별말 없이 받더니?

"이 정도까지 비쌀 줄은 몰랐죠. 정말 이걸 줘도 되는 거예요?"

─말했잖아요. 어차피 버리거나 기부할 거였다고.

"차라리 팔아버리면 되잖아요."

─그 새끼가 입었던 옷 되팔아서 받은 돈 만지고 싶지도 않아요. 그 옷 부담 되면 나한테 가져오지 말고 버리든지 누구

주든지 팔든지 마음대로 해요.

이 비싼 옷을 버린다니 말도 안 되는 얘기다.

그렇다고 누구에게 줄 마음도 없었다.

이왕 말이 나온 김에 김두찬은 궁금했던 것을 전부 털어놓기로 했다.

"그런데 그렇게 돈이 많으시면서 왜 버스로 출근하셨던 거예요?"

─돈 많으면 대중교통 이용하면 안 돼요?

"그건 아니지만… 보통은 자가용을 몰거나 기사를 두거나 하지 않나 싶어서요."

─운전을 하면 주변을 신경 쓰지 못하죠.

"네?"

─사람들 스타일을 관찰 못 해요.

정미연의 직업은 스타일리스트다.

그렇다 보니 직업병 같은 게 있었다. 사람들이 입고 다니는 옷을 관찰하는 것이다.

때문에 대중교통을 선호했다.

물론 그녀의 눈에 찰 만큼 옷을 잘 입는 사람은 드물다.

그래도 어쩌다 한두 명 보게 되면 그것만으로도 괜찮은 수확이다.

─더 궁금한 거 있어요?

"아니요. 없어요."

―두찬 씨.

"네?"

―내가 준 옷이 비싸다고 주눅 들지 말아요. 그것보다 그쪽
몸이 더 명품이니까. 끊어요.

정미연은 김두찬이 뭐라고 대답하기도 전에 통화를 종료했
다.

하여튼 당찬 여자였다.

어찌 되었든 정미연에 대한 김두찬의 궁금증은 해결됐다.

하지만 여전히 풀리지 않는 수수께끼가 있었으니.


[호감도를 2포인트 얻었습니다. 보너스 포인트를 분배해 주세
요.]


여전히 올라가고 있는 보너스 포인트다.

전화를 하는 잠깐 사이 58포인트가 들어왔다.

대체 이 포인트의 출처가 어디인지 궁금해하던 김두찬의 머
릿속에 분식집에서 있었던 사건이 떠올랐다.

"아, 그 여고생!"

여고생의 부탁에 무심코 찍었던 사진.

그것밖에 없었다.

김두찬의 짐작은 맞았다.

여고생은 김두찬과 함께 찍은 사진을 자신의 SNS 계정에

올렸다.

워낙 SNS를 열심히 하는 나이대인지라 그녀의 계정 친구는 1,000명이 넘었다.

그들이 업로드된 김두찬의 얼굴을 보고 대단한 관심을 표했다.

그럴 때마다 올라간 호감도는 전부 보너스 포인트가 되어 김두찬에게 고스란히 돌아왔다.

지금도 보너스 포인트는 쉬지 않고 쌓이는 중이었다.

인터넷의 힘이 정말 무섭다는 걸 김두찬이 새삼 깨닫는 순간이었다.

"잠깐… 그럼 내가 SNS 계정을 이용하면?"

그럼 더욱 쉽게 사람들의 호감도를 올릴 수 있지 않을까?

기발한 생각이었다.

인터넷 방송 같은 것엔 재능이 없지만 SNS는 사진만 업로드해도 상관없다.

그 정도는 김두찬도 할 수 있었다.

김두찬은 스마트폰으로 비공개였던 SNS 계정 하나를 공개로 전환했다.

그리고 정모 때 사람들과 찍었던 사진들 중 자신이 가장 잘 나온 것을 편집해 오려서 프로필 사진으로 업로드했다.

그 외에는 특별히 올릴 만한 사진이 없었다.

셀카를 찍어 올려볼까 했지만 도저히 오글거려 찍기가 힘들었다.

한데 그때였다.

정미연에게서 전화가 왔다.

"미연 씨? 무슨 일로……."

─오늘 바빠요?

"네? 아뇨, 딱히 일정 같은 건 없어요."

─그럼 하루 알바 대타 뛸래요?

"알바 대타요?"

─피팅 모델 알반데, 나오기로 한 모델들이 사고가 생겼어요. 두찬 씨 정도 사이즈면 차비 따로 해서 일당 50 드릴게요.

'일당 50?!'

그 말을 들은 김두찬의 눈이 휘둥그레졌다.

김두찬의 상식으로는 도저히 이해되지 않는 금액이었다.

하루 알바 뛰고 50을 벌다니?

완전히 다른 세상 이야기 같았다.

마른침을 꿀꺽 삼킨 김두찬이 정미연에게 조심스레 물었다.

"제가 피팅 모델 같은 일을 해본 적이 없는데… 괜찮을까요? 그리고 알바비가 좀 과한 것 같은데."

─당연히 과하죠. 톱 모델급 돈을 주는 건데. 이 바닥 초짜면 많이 받아야 15, 적으면 3만 원이면 떡을 쳐요. 두찬 님은 마스크랑 몸이 상당하니까 25 잡아준 거예요.

"네? 좀 전에는 50이라고……?"

―아까 말했죠. '모델들'이 사고가 생겼다고. 둘이 카풀해서 오다가 가벼운 접촉 사고가 났는데 병원 치료가 필요한 상황인가 봐요. 그래서 두 명 분 전부 드리는 거예요. 물론 그만큼 촬영도 길어지고 힘들 거고요. 할 수 있겠어요? 중간에 못 하겠다고 하면 곤란해요.

한탕 뛰면 돈이 50이다.

찬밥 더운밥 가릴 때가 아니었다.

"할게요."

―좋아요. 집이에요?

"네. 어디로 갈까요?"

―우리 사무실 알죠? 거기로 오세요. 한 시간 내로.

"알겠어요."

통화를 끝낸 김두찬이 부리나케 밖으로 나섰다.


*        *        *


김두찬은 회사에 도착하자마자 정미연의 손에 이끌려 어딘가로 끌려갔다.

그가 걸음을 한 곳은 회사 건물 내에 있는 스튜디오였다.

벽 한 면이 전부 하얀색으로 도배가 되어 있는 넓은 스튜디오엔 카메라와 조명 장비가 미리 갖춰져 있었다.

그리고 여성 스태프들 세 명이 갖가지 옷을 들고 분주히 움직이는 중이었다.

스태프들은 정미연이 나타나자 일제히 고개 숙여 인사를 건넸다.

"선생님 오셨어요?"

"세팅 마쳤습니다."

"바로 촬영 들어갈까요?"

저마다 한마디씩을 건네는데 정미연은 그저 고개만 끄덕했다.

그러자 스태프 중 붉은색 단발머리를 한 여인 심아현이 김두찬에게 다가왔다.

"대타 오신 분이시죠?"

그녀는 이런 일을 하면서 모델 같은 남자들을 워낙 많이 만나봤다.

그래서 김두찬을 봐도 크게 동요하지 않았다.

"아, 네."

"일단 옷부터 갈아입을… 어머."

심아현이 무심코 김두찬의 옷을 봤다가 탄성을 터뜨렸다.

"이게 다 얼마야?"

이쪽 업계에서 종사하다 보니 지나가는 사람을 슥 훑어보기만 해도 걸친 게 얼마인지 바로 진단이 섰다.

그런데 김두찬의 옷들은 하나같이 눈 돌아가는 고가의 명품이었다.

심아현이 넋을 놓고 있으니 정미연이 슥 다가왔다.

"일 안 해?"

"죄, 죄송합니다!"

심아현은 화들짝 놀라 김두찬에게 옷을 건넸다.

"저쪽 탈의실에서 갈아입고 오세요."

김두찬은 시키는 대로 옷을 갈아입고 나왔다.

그러자 머리를 짧게 커트한 무뚝뚝한 인상의 여인 김유나
가 다가와 덥석 손을 잡아끌었다.

김두찬은 영문도 모르고 끌려갔다.

김유나는 김두찬을 스테이지 위에 세워놓고 말했다.

"여기 가만히 있어요."

그러고서 조명을 켰다 껐다 하며 무언가를 체크했다.

마지막으로 분홍색 원피스를 입은 여인 이현지는 카메라
노출을 조절하는 중이었다.

그녀는 뭐가 그리 좋은지 입가에 줄곧 옅은 미소를 머금고
있었다.

"곧 촬영 들어갈게요."

김유나가 말했다.

그러자 정미연이 김두찬에게 다가와 조언했다.

"긴장하지 말고, 최대한 자연스러운 느낌으로."

"미연 씨, 이런 일도 하시는 줄 몰랐네요."

"나중에 집에 가서 찾아봐요. 뷰티미닷컴. 내가 운영하는 온라인 쇼핑몰이에요. 참고로 상당히 잘나가요."

"그럴 것 같아요."

"현지 씨가 사진 찍을 거예요. 부탁하는 대로 포즈 취해줘요. 한 번 더 강조하지만 가장 중요한 건 자연스러운 느낌이에요."

"노력해 볼게요."

"슛 들어갑니다."

이현지가 크게 소리쳤다.

그리고 김두찬 인생의 첫 번째 피팅 모델 촬영이 시작됐다.

*　　　*　　　*

찰칵! 찰칵!

이현지는 쉴 새 없이 셔터를 눌러댔다.

벌써 김두찬은 옷을 열네 번이나 갈아 입었다.

촬영이 계속 될수록 이현지는 점점 놀라고 있었다.

'진짜 물건이다.'

김두찬은 그녀가 근래 본 모델 중에 최고였다.

아니, 태어나서 본 모델 중 가장 멋진 비율을 자랑했다.

이토록 완벽하게 균형이 잡힌 사람을 이현지는 지금껏 한 번도 본 적이 없었다.

김두찬은 그저 가만히 서 있는 것 자체로 그림이 됐다.

이런 작업은 처음인지 자신 있게 포즈를 잡지 못했지만, 그래도 괜찮았다.

어떻게 해도 빛이 났다.

오랜 시간 갈고 닦은 실력파 가수의 보이스는 아무렇게나 흥얼거려도 심금을 울린다.

지금의 김두찬이 그랬다.

덕분에 촬영은 정미연이 걱정했던 것보다 수월하게 진행됐다.

*　　　*　　　*

이제 거의 막바지 작업이었다.

작업이 진행되는 동안 이현지는 물론이고 심아현과 김유나도 김두찬을 처음과 다른 시선으로 보게 됐다.

그녀들의 머리 위에 뜬 호감도는 전부 20 이상 올라 있었다.

특히 직접 사진을 찍은 이현지의 호감도가 27로 가장 높았다.

찰칵! 찰칵!

"됐습니다. 수고하셨어요."

드디어 촬영이 끝났다.

장장 네 시간에 걸친 긴 촬영이었다.

"수고하셨습니다. 수고하셨어요. 수고하셨습니다."

김두찬이 모두에게 일일이 고개 숙이며 인사를 건넸다.

조금은 어수룩한 그의 모습을 보며 여자들의 입엔 절로 웃음이 맺혔다.

차갑기로는 정미연에 버금간다는 심아현조차 미소를 감추지 못했다.

"수고했어요, 두찬 씨. 처음치고는 괜찮네요."

"그런가요?"

김두찬은 뭐가 괜찮다는 건지 몰랐다.

그저 시작부터 끝날 때까지 모든 과정이 정신없이 흘러갔다.

지금도 얼떨떨했다.

정미연이 들고 있던 백에서 하얀 봉투를 꺼내 건넸다.

"약속했던 모델료예요."

"감사합니다."

봉투를 건네받은 김두찬은 감격에 찬 얼굴로 그것을 품에 꼭 끌어안았다.

"돈 처음 벌어봐요?"

"아… 네. 알바는 처음이에요."

예전의 김두찬은 스스로의 외모에 자신이 없어 알바를 해보지도 않았다.

괜한 자격지심 때문에 면접을 봐도 어차피 떨어질 것이라 생각했던 것이다.

그런데 난생처음 해본 단기 알바로 50을 벌었다.

하늘을 날아갈 것 같은 기분이었다.

"고생했고 반응 좋으면 다음에 또 연락할게요. 그리고 이건 말했던 차비."

정미연이 봉투 하나를 더 얹어줬다.

"조심해서 들어가요. 철수."

"두찬 씨 오늘 고생했어요."

"다음에 또 봬요!"

"그럼 이만."

세 명의 여인이 정미연의 뒤를 따라 나가며 김두찬에게 인사를 건넸다.

"다들 고생하셨습니다!"

김두찬이 고개를 꾸벅 숙여 마주 인사했다.

\* \* \*

집으로 돌아온 김두찬은 오늘 받은 돈을 책상 위에 쫙 늘어놓고 감상했다.

빳빳한 5만 원권으로 열 장에다 만 원권이 세 장이었다.

정미연은 차비로 무려 3만 원을 꽂아준 것이다.

"이렇게 쉽게 돈을 벌어도 되는 건가?"

아직까지도 거짓말 같았다.

하지만 눈앞에 펼쳐진 돈의 생생한 질감은 모든 것이 현실이라는 걸 다시 한 번 일깨워 줬다.

"피팅 모델이라… 괜찮은데."

내심 다음번에도 정미연에게 연락이 왔으면 싶었다.

김두찬은 그날 밤, 기분 좋게 잠이 들었다.

# Liking 21
튜토리얼 종료

꿈속이었다.

김두찬은 스스로 꿈을 꾸고 있다는 것을 알았다.

이른바 자각몽(自覺夢)이었다.

꿈속의 그는 아무것도 없는 어두컴컴한 공간에 서 있었다.

사위를 둘러봐도 오로지 어둠이었다.

그럼에도 김두찬은 자신의 모습을 볼 수 있었다.

참 기이하다고 생각하던 와중 김두찬의 귀에 로나의 음성
이 들려왔다.

"안녕하세요, 두찬 님!"

"로나?"

"그렇답니다~"

"어디 있어?"

김두찬이 주변을 둘러봤다.

하지만 로나의 모습은 보이지 않았다.

그녀의 음성만 평소보다 더 또렷하게 들릴 뿐이었다.

"저는 두찬 님의 마음속에 언제나 자리하고 있답니다."

"설마 말장난이나 하자고 내 꿈에 나타난 건 아닐 테고. 무슨 일이야?"

"두찬 님의 소중한 숙면을 고작 그런 이유 때문에 방해할 수는 없겠죠? 네, 말씀하신 대로 무슨 일이 있기 때문에 나타났답니다."

"일이 있으면 그냥 일상생활에서 말해주면 되는 거 아니야? 굳이 꿈에서 왜? 모습을 보여줄 것도 아니면서."

"가끔은 이런 것도 신선해서 좋지 않나요?"

하여튼 가끔 종잡을 수가 없다니까.

김두찬은 머리를 긁적이며 물었다.

"그래서 그 무슨 일이라는 게 뭐야?"

그에 별안간 박수 소리가 들려왔다.

짝짝짝짝짝!

"축하드려요, 두찬 님! 제 가이드라인을 열심히 따라와 주신 덕분에 드디어 다음 레벨로 넘어갈 수 있게 되었답니다."

"엥? 다음 레벨? 이 게임에 그런 시스템도 있었어?"

"게임인데 없을 리가요."

생각해 보니 그랬다.

자고로 모든 게임에는 난이도라는 게 존재한다.

인생 역전도 게임이다.

난이도가 있는 건 이상한 일이 아니었다.

"아… 그럼 앞으로 호감도를 얻는 게 더 어려워지는 건가?"

"그건 아니랍니다. 게임의 규칙이 조금 더 세분화되고 깊어 진다고 생각하면 된답니다."

"그전에 잠깐. 여태껏 별말이 없다가 갑자기 왜, 이 시점에 서 레벨 업이야?"

"지구인인 두찬 님께 적용된 인생 역전의 튜토리얼 기간은 일주일이랍니다."

김두찬은 월요일 날 인생 역전에 접속했다.

그리고 돌아오는 월요일, 그러니까 깊이 잠들어 있는 새벽 녘인 지금이 바로 게임을 시작한 지 일주일이 되는 시점이었 다.

"그런 건 미리미리 말해주면 안 될까 싶네."

"알았다고 하더라도 크게 달라지는 건 없었을 테니 사소한 건 넘어가도록 해요."

듣고 보니 맞는 말이었다.

일주일간 김두찬은 인생 역전의 시스템을 쫓아가고 익히느 라 정신없이 바빴다.

게다가 하루하루 바뀌는 스스로의 모습에 적응해 나가는 것도 벅찼다.

때문에 일주일 후 튜토리얼이 끝난다는 걸 말해줬더라도 크게 신경 쓰지 못했을 것이다.

"그럼 이제부터 어떻게 변하는 거야?"

"가장 큰 것부터 말씀드릴게요. 우선 호감도는 직접 호감도, 간접 호감도로 나뉘게 된답니다. 직접 호감도는 두찬 님께서 사람을 직접 만나 소통하며 얻게 된 것이고, 간접 호감도는 그 반대의 경우를 뜻한답니다."

말인즉, 직접 소통하지 않고 얻은 호감도라는 것이다.

한마디로 김두찬의 사진을 보거나 방송 영상을 보고 얻은 호감도는 간접 호감도가 된다.

"아울러 간접 호감도의 경우 올라간 호감도의 10분의 1만 포인트로 들어오게 된답니다."

"뭐? 지금까지는 전부 들어왔었잖아."

"튜토리얼 기간이라 서비스해 드린 거랍니다. 이게 정상이에요. 어떤 게임이든 처음 시작할 땐 튜토리얼이라는 이유로 잘만 따라와 주면 어마어마한 보상을 주잖아요? 그렇게 생각하시면 된답니다."

그런 줄 알았다면 튜토리얼 기간 동안 더 뽕을 뽑을 걸 그랬다.

"이미 그 정도면 충분히 뽕 뽑은 거랍니다."

김두찬의 생각을 읽은 로나가 다그쳤다.

그녀의 얘기는 계속 이어졌다.

"한 가지 더. 직접 호감도는 직접 포인트라는 이름으로 적립되고 간접 호감도는 간접 포인트라는 이름으로 적립된답니다. 간접 포인트는 S랭크에 투자할 수 없고, A랭크까지에만 투자 가능하답니다. 반면 직접 포인트는 모든 랭크에 투자할 수 있죠."

"그러니까 내가 사람과 만나서 얻은 직접 포인트만 S랭크에 투자 가능하다는 거야?"

"그렇답니다. 그리고 간접 포인트에 유효 기간이 설정된답니다."

"유효 기간?"

"튜토리얼이 끝나는 오늘. 그러니까 8일이죠? 8일부터 시작해서 한 달 간 모은 간접 포인트는 다음 달 8일까지 사용하지 않으면 소멸된답니다."

한마디로 간접 포인트는 지속적으로 누적시킬 수 없고 매달 8일이 되기 전 전부 능력치에 투자해 소멸시켜야 한다는 것이다.

"으음."

김두찬은 저도 모르게 신음을 흘렸다.

로나의 말대로 확실히 난이도가 높아졌다.

김두찬은 내일이라도 당장 SNS 계정을 만들 생각이었다.

거기에 자신의 사진을 올려서 사람들의 호감도를 얻어 S랭크에도 투자를 해볼 참이었다.

물론 그 계정이 잘 될지, 안 될지는 모르는 일이다.

잘생겼다고 능사가 아니다.

SNS 스타가 되려면 운도 따라주어야 한다.

그래도 만에 하나 생각한 방향으로 잘 가준다면 하루에도 어마어마한 포인트가 들어올 게 분명했다.

이미 몇 번의 경험으로 체감한 부분이었다.

한데 간접 포인트는 S랭크에 투자할 수 없고 그나마 들어오는 것도 10분의 1로 줄었다.

하지만 거기서 끝이 아니었다.

"마지막으로 한 가지 더 있답니다."

"또?"

"각 랭크별로 랭크 업을 하기 위해 받아야 하는 경험치가 달라진답니다. F랭크는 100, E랭크는 200, D랭크는 400, C랭크는 800, B랭크는 1,600. 그렇담 A랭크는 몇일까요?"

"3,200?"

"딩동댕. 정답입니다."

김두찬은 설상가상, 엎친 데 덮친 격이라는 게 이런 건가 싶었다.

"조금 난감하네."

"당장은 그렇게 느끼시겠지만 막상 겪어보시면 그렇게 난이도가 높지는 않을 거랍니다. 튜토리얼을 하면서 두찬 님은 이미 어마어마하게 레벨 업하셨으니까요."

"그건 그렇지만⋯⋯."

뭔가 맛있게 먹던 빵을 빼앗긴 기분이었다.

하지만 김두찬은 이내 고개를 저어 그런 생각을 털어냈다.

'이미 난 많은 것을 가졌어. 차고 넘칠 정도로. 내게 줬던 것을 도로 뺏어간다는 것도 아니고 난이도를 높인다는 건데 이런 도둑놈 같은 심보를 가져서는 안 되지.'

생각을 바꿔먹은 김두찬이 얼른 고개를 끄덕였다.

"네 말이 맞아, 로나. 고마워. 앞으로도 열심히 해볼게."

"바로 그런 자세랍니다."

"하나만 물어볼게, 로나. 앞으로 또 한 번 게임의 레벨이 상향될 수도 있는 거야?"

"그런 비밀이에요."

로나의 말과 함께 김두찬의 앞에 커다란 전신 거울이 나타났다.

그 안에는 인생 역전을 만나기 전, 본래 김두찬의 모습이 담겨 있었다.

"일주일 전의⋯ 나?"

"그렇답니다. 두찬 님, 저때 두찬 님은 어떤 사람이었죠?"

갑작스러운 물음에 김두찬은 선뜻 대답을 내놓지 못했다.

"음⋯⋯."

"편하게 말씀해 보세요."

"지금과는 많이 달랐지. 항상 주눅 들어 있었고, 겁도 많았고. 뭔가 세상에 불만도 잔뜩이었고… 그냥 다 포기하는 그런 심정이었던 것 같아."

"하지만 두찬 님은 작가의 꿈을 포기하지 않으셨잖아요."

"응."

"무엇보다 마음이 여리고 선했어요. 착하다는 얘기죠."

"내, 내가?"

"물론 의지박약이긴 했지만요."

"…칭찬을 하는 거야, 팩트 폭행을 하는 거야."

"지구에는 신대욱이라는 개그맨이 있죠?"

"응."

신대욱.

못생기고 키 작고 뚱뚱한 개그맨이다.

그럼에도 요즘 최고의 주가를 기록하고 있으며, 국민 호감남이라는 별명까지 얻었다.

신대욱의 재기발랄한 기지와 제대로 빵 뜬 개그 코너가 그를 알리는 데 주력했지만, 남몰래 봉사와 선행을 베풀었던 것들이 밝혀지며 더더욱 큰 대중의 사랑을 받게 되었다.

"내면의 아름다움은 외면이 어떻든 그 사람을 멋쟁이로 보이게끔 만드는 법이랍니다."

로나가 무슨 얘기를 하려는 것인지 김두찬은 이해했다.

그가 고개를 주억거렸다.

"알겠어, 로나. 바뀌어 버린 겉모습에 끌려가지 않을게. 남들보다 낫다는 자만심 같은 것도, 타인을 외모로만 평가하는 일도 없을 거야."

과거의 김두찬은 오로지 외모 때문에 이유 없는 차별을 받아왔다.

그로 인해 받은 상처들은 그를 갈수록 주눅 들게 만들었다.

이제 그는 전과 다른 인생을 살고 있다.

하지만 다른 사람들이 자신에게 했던 실수를 본인이 되풀이할 생각은 조금도 없었다.

아울러 너무 외면에만 신경 쓰다 정작 중요한 것을 놓치는 일도 없도록 하겠다고 다짐했다.

"멋져요, 두찬 님. 앞으로도 인생 역전을 즐겁게 플레이해 주시길 바랄게요. 꿈에서 깨면 상태창을 열어보세요. 변화가 생겼을 겁니다."

그 말을 끝으로 로나의 음성은 더 이상 들려오지 않았다.

김두찬은 어딘가 조금 홀가분해진 마음으로 거울 속 자신을 바라봤다.

그의 입가에 미소가 맺혔다.

거울 속의 김두찬이 따라 웃었다.

그리고 잠에서 깼다.

*　　　*　　　*

"음."

김두찬은 눈을 뜨자마자 상태창을 열었다.

이름: 김두찬

성별: 남

키: 183㎝

몸무게: 70㎏

Passive

얼굴: 0/10,000(S―초월시각)

몸매: 0/10,000(S―체형 교정)

체력: 0/10,000(S―고양이 몸놀림)

손재주: 0/1,600(B)

소매치기: 0/100(F)

기억력: 0/200(E)

요리: 0/3,200(A)

불취(不醉): 0/10,000(S―숙취 해소)

노래: 0/100(F)

매혹: 0/10,000(S―럼블)

Active

지력: 0/100(F)

직접 포인트 1,200

간접 포인트: 127

핵: 2


꿈속에서 로나가 말했던 대로 포인트는 직접 포인트와, 간접 포인트로 나뉘어져 있었다.

아울러 각 랭크별 습득 필요한 포인트 수치도 조정되어 있었다.

─튜토리얼까지 모아놓았던 보너스 포인트는 전부 직접 포인트로 인정해 드렸답니다.

상태창을 보는 김두찬의 머릿속에서 로나가 떠들었다.

'간접 포인트는 내가 자는 동안 쌓인 건가?'

─그럼요.

간접 포인트는 총 얻게 된 포인트의 10분의 1만 들어온다고 했다.

그렇다는 건 밤 사이 1,270이나 되는 호감도를 얻었다는 것이다.

그 호감도의 출처는 당연히 여고생의 SNS일 테고.

─참고로 들어오는 호감도 중 소수점 아래의 숫자는 저절로 올림된답니다.

어쩐지 들어온 간접 포인트가 소수점 없이 딱 떨어진다 했다.

'그런데 랭크 S를 레벨 업시키면 어떻게 되는 거야?'

─직접 해보시면 답이 나오겠죠?

말이 쉽다.

랭크 S에는 간접 포인트는 투자 못 하고 직접 포인트만 투자 가능하다.

게다가 1,000을 투자해야 랭크 업할 수 있었다.

그저 쉬운 일은 아니었다.

─참고로 하루에 얻을 수 있는 포인트는 직접이 1,000, 간접이 500이랍니다.

'그럼 자는 동안 간접 포인트 127을 얻었으니 오늘은 373이 남은 거구나. 직접은 그대로 1,000이 남은 거고.'

─빙고. 하지만 저랑 대화를 하는 와중에도 간접 포인트는 계속 들어와 132가 되었답니다. 남은 포인트는 368이겠죠?

확실히 조금씩이긴 하지만 꾸준하게 간접 포인트가 오르고 있었다.

그렇다면 간접 포인트는 보너스 정도로 생각하고서 신경을 끄는 게 속이 편할 것 같았다.

김두찬의 시선이 스마트폰으로 향했다.

"8시."

오늘은 10시부터 강의가 있는 날이다.

김두찬은 방에서 나와 가족과 아침을 먹고 샤워를 했다.

그리고 어떤 옷을 입고 갈까 고민했다.

어제 김두찬은 돈만 받아온 게 아니었다.

피팅 모델을 하면서 입었던 옷 몇 벌과 신발 두 켤레도 보너스로 받았다.

"가볍게 입자."

김두찬이 하늘색 셔츠에 검은색 슬랙스를 입고 하얀 스니커즈를 신었다.

집을 나서 대중교통을 이용해 학교에 도착하는 동안 그는 34포인트의 호감도를 얻었다.

어제 누적된 것과 오늘 누적된 포인트를 전부 합해 총 1,234의 보너스 포인트가 적립되어 있었다.

포인트가 많으니 마음이 든든해지는 김두찬이었다.

"으흠흠."

김두찬이 콧노래를 부르며 캠퍼스로 들어서던 그때였다.

'음?'

눈앞에 네 번째 퀘스트를 알리는 메시지가 나타났다.

# Liking 22

## 김두리의 스트레스

[퀘스트 발동 – 요즘 들어 김두리가 스트레스를 많이 받는 것 같다. 여동생의 스트레스를 풀어주세요. 스트레스 87/100]


'두리가 스트레스를 받는다고?'

그러고 보니 두리가 차은유를 욕했던 기억이 떠올랐다.

이유는 모르겠지만 짜증이 잔뜩 올라 있는 것 같았다.

'은유 때문인가?'

차은유는 김두리와 같은 반 학생이다.

김두찬은 차은유의 얼굴을 한 번도 본 적 없지만 이름은 알고 있었다.

학기 초에 김두리가 차은유에 대해서 몇 번 얘기했기 때문이다.

어린애도 아닌데 가족들과 함께 하는 식사 자리에서 줄곧 은유 칭찬을 했다.

김두리의 표현을 빌려보자면 은유는 딱 잘라놓고 말해서 상당히 예쁜 아이였다.

끼리끼리 어울린다고 객관적으로 본다면 김두리도 예쁜 얼굴이었다. 게다가 남들이 볼 때는 귀여움성까지 갖춘 타입이었다.

그렇게 예쁜 애와 예쁜 애가 학기 초엔 같이 어울린 것이다.

한데 언젠가부터 차은유에 대한 이야기를 전혀 하지 않았다.

그러더니 이번에는 아예 짜증이 난다며 화를 냈었다.

분명히 둘 사이에 무슨 문제가 있는 것 같다.

하지만 스트레스의 이유가 오로지 차은유 때문이라고는 생각하긴 어려웠다.

'집에 가면 대화 좀 해봐야겠네.'

그리고 보니 인생 역전을 접한 뒤, 바깥을 신경 쓰고 부모님 일도 도와줬으면서 여동생에게는 너무 무심했었다.

원체 친남매 사이가 그렇다지만 남처럼 지내는 게 김두찬은 싫었다.

사실 예전에는 여동생을 살짝 질투도 했었다.

마치 김두찬의 모든 복을 가져간 것처럼 외모적인 혜택은 전부 받고 태어났으니 말이다.

하지만 그런 못난 생각은 얼마 안 가 지웠다.

어찌 되었든 김두찬은 오빠였고 여동생보다 어른스러운 위치에 있어야 했다.

그러나 김두찬의 생각과 달리 자신은 아무것도 해줄 게 없었다.

하나, 지금은 해줄 수 있는 것들이 있지 않을까 싶었다.

―분명 도움이 될 거랍니다.

로나가 김두찬의 생각에 힘을 실어줬다.

'로나. 그런데 이번 퀘스트엔 실패 시 리스크가 없네.'

―정말 없을까요?

'있어?'

―두리 양의 스트레스가 100에 달해 퀘스트를 실패하게 되면 두찬 님에게는 직접적인 피해가 없겠죠. 하지만 두리 양은 어떻게 될까요?

'…아.'

그 생각을 못했다.

김두리는 현재 스트레스를 상당히 받은 상태다.

그 퍼센테이지를 100으로 생각했을 때 87이나 될 정도면 심각하다 할 수 있었다.

만약 스트레스 지수가 100이 되어버리면 김두리가 어떻게 나가 버릴지 알 수 없는 일이다.

'신경 써야겠네.'

김두찬은 비로소 상황의 시급함을 느꼈다.

그리고 새삼 인생 역전에게 고마운 마음이 들었다.

인생 역전은 김두찬에게 마이너스가 되는 퀘스트를 던지지 않았다.

게다가 집안에 큰 문제가 있을 경우 퀘스트로 알려줬다.

그 덕에 완전히 망할 뻔했던 식당이 위기를 넘겼다.

이번에도 그랬다.

김두찬은 물론이고 부모님도 깊게 생각지 않았던 여동생의 상태를 인생 역전이 퀘스트로 알려주었다.

'아직 사달이 나기 전이니까 반드시 클리어하겠어.'

*     *     *

월요일의 모든 강의를 듣고 나니 오후 두 시가 조금 넘어 있었다.

본래대로라면 강의 하나를 더 들어야 하는데 담당 교수의 맹장이 터지는 바람에 시간이 떴다.

오늘 하루 동안 강의 들은 걸 빼면 특별히 기억에 남는 일은 크게 네 가지가 있었다.

김두찬을 대하는 주로미의 태도가 더 친근해져 있었다는 것.

정지훈과 심진우가 김두찬을 슬슬 피하기 시작했다는 것.

학생들의 호감도가 툭 하면 올라서 이제는 쉬는 시간이나 점심시간에 그의 주변이 학생들로 꽉꽉 찬다는 것.

마지막으로 이번 주 금요일에 과 엠티가 있다는 것.

'과 엠티라.'

대학에 들어와서 처음으로 가는 엠티였다.

초중고 시절, 김두찬은 학교에서 여행을 간다 그러면 영 달갑지 않았었다.

여행이란 건 자고로 함께 어울릴 벗이 있을 때 더 즐거운 법이다.

하지만 김두찬에겐 친구라고 할 만한 존재가 없었다.

그렇다 보니 여행은 김두찬에게 괴로움의 시간밖에 되지 않았다.

그러나 지금은 많은 사람들이 그를 좋아해 준다.

자연스럽게 엠티라는 단어가 설렘으로 다가왔다.

하나 마냥 기분이 좋기만 한 건 아니었다.

'정말 이 세상은 외모가 사람을 평가하는 데 큰 부분을 차지하는 걸까?'

그런 의문이 들었다.

김두찬이 점점 멋져질수록 더욱더 자주, 그런 의문이 머릿속에서 맴돌았다.

　설렘 속 씁쓸함을 안고서 집으로 돌아온 김두찬은 침대에 대자로 드러누워 잠시 쉬려 했다.

　그런데 아침에 봤던 메시지가 다시 떠올랐다.


　[퀘스트: 여동생의 스트레스를 풀어주세요. 스트레스 90/100]


　김두리의 스트레스가 더 올라가 있었다.


*　　　*　　　*


　오후 다섯 시가 조금 넘었을 때 김두리가 돌아왔다.

　집에 오자마자 힘이 쭉 빠진 얼굴로 방에 들어가 버리는 김두리를 김두찬이 불렀다.

　"두리야."

　"왜."

　꽉 닫힌 방문 너머로 무뚝뚝한 김두리의 음성이 들려왔다.

　"배고프지?"

　"생각 없어."

　"맛있는 거 사줄게, 나가자."

　"생각 없다니까."

"초밥 뷔페 갈 건데."

김두리는 초밥이라고 하면 사족을 못 쓴다.

자다가도 벌떡 일어나고, 기분이 바닥을 쳤다가도 하늘로 숫구친다.

김두리는 김두찬이 던진 미끼를 덥석 물었다.

닫힌 문이 살짝 열렸다.

문 틈 새로 얼굴을 반만 내민 김두리가 기운 없는 목소리로 물었다.

"초밥……?"

"응."

잠시 고민하던 김두리가 고개를 휘휘 저었다.

"안 먹을래. 나 혼자 있고 싶어. 사춘기라고 생각해 줘."

김두리가 문을 닫으려는데 김두찬이 냅다 문틈으로 다리를 집어넣었다.

퍽!

"윽."

"꺅! 오빠 미쳤어?"

"얘기 좀 하면 안 될까?"

"무슨 얘기?"

"요새 너 좀 우울해 보여서."

"나 안 우울한데?"

"얼굴에 쓰여 있는데?"

"아니, 근데 오빠 뭐 잘못 먹었어? 요새 완전 딴사람 같아. 언제부터 동생을 생각해 주기로 한 거야?"

"그동안은 내가 좀 무심했던 거 같아. 인정해. 이제부터 안 그러려고 노력하는 거니까 얘기 좀 하자."

"싫다니까."

"먹을 게 싫으면 쇼핑이라도 할까? 오빠가 옷 사줄게."

"옷?"

그 말에는 김두리의 눈동자가 심하게 흔들렸다.

'먹혔구나.'

김두리는 잠시 고민하다가 다시 물었다.

"근데 오빠가 돈이 어디 있다고?"

김두찬은 씩 웃고서 지갑을 열어 오만 원짜리 지폐 열 장을 흔들었다.

"여기 있네?"

"그, 그 돈 다 뭐야?"

"나도 나름대로 돈을 버는 구멍이 따로 있거든. 불법적인 거 아니니까 자세히 알려들지는 말고."

돈까지 보고 나니 김두리의 마음이 크게 동했다.

"옷 사는 것도 싫어? 싫으면 말고."

"살래! 나… 옷 사줘."

평생 김두찬에게 뭔가를 사달라고 해본 적 없는 김두리였다.

그에 김두리를 꼬셨던 김두찬도 놀랐고, 김두리 본인도 놀랐다. 또한 김두리는 어쩐지 부끄럽고 이상해서 김두찬과 시선을 제대로 맞추지 못했다.

"그래, 두리야. 옷 사줄게. 나가자."

"응, 잠깐만. 옷 갈아입고."

김두리가 다시 문을 닫았다.

안에서 부산스러운 소리가 들렸다.

김두찬의 눈앞엔 시스템 메시지가 떠올랐다.

[호감도를 5포인트 얻었습니다. 보너스 포인트를 분배해 주세요.]

[퀘스트: 여동생의 스트레스를 풀어주세요. 스트레스 88/100]

*          *          *

김두찬은 김두리를 데리고 구리 시내에 있는 백화점을 찾았다.

화장품과 향수가 가득한 1층 홀을 지나 여성 의류점으로 도배된 2층에 올라서자마자 김두리의 얼굴이 밝아졌다.

"진짜 아무거나 사도 돼?"

"30만 원 안에서 얼마든지."

김두리의 눈이 초롱초롱해졌다.

김두찬의 집은 형편이 넉넉하지 않아 옷에 큰돈을 투자해 본 적이 없었다.

물론 대부분의 고등학생들이 비슷한 입장이긴 하지만 개중 튀는 애들은 꼭 있었다.

차은유도 그런 아이들 중 하나였다.

김두리는 비싼 옷을 살 수 있다는 기쁨도 잠시, 난데없이 차은유가 떠오르자 고개를 휘휘 저었다.

'이 좋은 날 그런 재수 없는 계집애 얼굴은 왜 떠오르고 난리야?'

차은유의 얼굴을 털어낸 김두리가 백화점 이곳저곳을 쏘다니며 옷을 보기 시작했다.

그 모습이 마치 햇살 좋은 봄날 마당을 뛰어다니는 강아지 같았다.

그런 여동생을 보며 김두찬이 저도 모르게 미소 지었다.

아울러 김두리의 스트레스가 86까지 내려갔다는 시스템 메시지가 떠올랐다.

'두리 녀석… 스트레스의 원인이 의외로 별거 아닐지도 모르겠네.'

감수성이 한창 예민할 때다.

거기에 수험생이라는 스트레스까지 겹쳐 더더욱 정신적으로 불안했던 것일 테지.

잘하면 쉽게 스트레스를 없애주고 퀘스트도 완료할 수 있겠다는 생각이 들었다.

김두찬이 김두리의 뒤를 따라 한참 백화점을 돌고 있을 때였다.

저 멀리서 아는 얼굴이 다가오고 있었다.

맵시 있는 몸매에 어깨를 살짝 덮은 갈색 머리, 차갑지만 아름다운 미모, 무엇보다 사람의 시선을 확 끄는 탁월한 패션 센스를 자랑하는 그녀는 정미연이었다.

생각지도 못했다가 아는 사람을 보니 내심 반가웠다.

어제는 그녀 덕을 톡톡히 본 터라 더욱 그랬다.

"미연 씨……!"

김두찬이 그녀에게 다가가 인사를 하려는데 옆에 있던 김두리의 짜증 섞인 목소리가 들렸다.

"왜 자꾸 전화질이야."

김두찬의 행동이 절로 멈췄다.

시선은 자연스레 동생에게 향했다.

김두리는 스마트폰을 들고서 미간을 와락 구겼다.

그녀가 숨을 몇 번 고르더니 전화를 받았다.

"응~! 은유~ 톡 했어? 미안~ 못 봤어. 아니, 오빠가 옷 사준다고 그래서 백화점 왔거든. 맞다. 너도 어제 옷 샀다 그랬지? 얼마짜리였더라? 15만 원? 진짜 부럽다~ 난 그냥 싼 거 사려고. 응? 오늘? 아니… 딱히 약속 같은 건 없는데… 아, 그래? 일곱 시 반? 어… 알았어, 그럼. 거기서 봐. 호호."

김두리는 전화를 끊자마자 웃음기를 싹 지우더니 도끼눈을 했다.

"으으으. 차은유."

동시에 김두리의 스트레스가 다시 3이나 솟구쳤다.

그걸 본 김두찬의 이마에 식은땀이 맺혔다.

아니, 어떻게 전화를 받을 때만 딴사람이 되지?

'그나저나 두리… 스트레스의 본질적 원인이 차은유 때문이었나?'

차은유의 전화 통화 한 번으로 스트레스 지수가 3이나 올랐다.

이렇게 되면 가장 큰 스트레스 제공자가 차은유라고밖에 생각할 수 없었다.

"두리야. 너 은유랑 안 좋아?"

김두찬의 물음에 김두리가 간절함을 담아 말했다.

"오빠. 나 진짜 30만 원짜리 옷 사주는 거지? 알아. 지금 나 이렇게 떼쓰는 거 진짜 철딱서니 없어 보이고 어린애 같은 거."

"내가 먼저 사준다고 했으니까 딱히 떼쓰는 건 아니야."

"그렇게 생각해 주면 고맙다. 딱 한 번이라도 좋으니까 은유 그 계집애 코를 납작하게 만들어 주고 싶어. 정말 30만 원짜리 옷 사도 되는 거지? 그렇지?"

김두찬이 그렇다고 말하려던 찰나였다.

두 남매의 귀로 겨울바람처럼 냉랭한 음성이 세차게 파고들어왔다.

"무작정 비싼 옷 걸쳐 입는다고 있어 보이는 건 아닌데."

남매는 동시에 목소리가 들려온 곳으로 고개를 돌렸다.

거기엔 정미연이 서 있었다.

"미연 씨 오래간만이……."

"대박!"

지금이라도 인사를 하려던 김두찬의 말이 또다시 김두리에게 잘렸다.

김두리가 놀라 쩍 벌어진 입을 한 손으로 가리고서 겨우 말을 내뱉었다.

"스, 스타일리스트 정미연 언니? 코리안 뷰티스타에 나온 정미연 언니 맞죠?"

정미연이 그런 김두리를 가만히 보다 물었다.

"두찬 씨랑 어떤 사이죠?"

"네? 우리 오빠랑 알아요?"

"어떤 사이냐고 물었는데 못 들었어요?"

"아, 친동생이요!"

"아하."

김두찬은 이게 지금 어떻게 돌아가는 상황인지 몰라 눈만 끔뻑거렸다.

"언니, 이건 어때요?"

"너 그러다가 눈 대신 단춧구멍 달았냐고 놀림 받는다."

"그럼 이건요?"

"내 돈 주고 옷 산다면 그런 스타일 쳐다도 안 봐."

"이것도요?"

"스톱. 더 이상 고르지 마. 에너지 낭비야."

정미연과 김두리는 신나게 옷을 고르는 중이었다.

아니, 정확히 말하자면 김두리만 신났고 정미연은 본업에 충실하는 분위기였다.

김두찬은 한 걸음 떨어져서 그런 두 사람을 신기하게 바라봤다.

그들은 생판 남이었다가 오늘 처음 만났다.

그런데 급속도로 친해졌다.

김두리는 이미 그녀를 알고 있었다.

김두찬은 몰랐지만 패션 프로그램을 즐겨 보던 김두리는 한 TV 프로그램에서 그녀를 봤던 모양이다.

'그러고 보니 은근히 미연 씨를 흘긋거리는 사람들이 많아.'

상당한 유명인은 아니더라도 아는 사람은 아는 것 같았다.

'진짜 대단한 사람이었구나, 미연 씨.'

처음에는 그냥 버스에 만난 여인에 지나지 않았다.

그런데 알면 알수록 점점 그녀의 사이즈가 커지고 있었다.

로나가 보너스로 얻게 해준 소매치기 능력 덕에 큰 인연을 맺었다.

나비효과가 따로 없었다.

사실 그 이후로 김두찬은 소매치기 능력을 사용하지 않았다.

그래서 핵으로 갈아버릴까도 몇 번 생각했다.

하지만 소매치기를 S랭크로 올릴 경우 무슨 특전을 받는지가 궁금했다.

아울러 그 능력으로 정미연을 도왔고 정지훈을 엿 먹였다.

소매치기라고 꼭 나쁜 게 아니라 좋은 일에도 쓸 수 있다는 것을 알았으니 언제고 또 쓸 일이 있을지 모른다.

해서 여유가 있을 때 포인트를 투자해 볼 요량으로 놔두고 있는 중이었다.

김두찬이 두 사람을 따라다닌 지 20분 정도가 지났을 무렵, 김두리는 완전히 다른 스타일로 변신해 있었다.

연핑크 슬리브리스 원피스에 더블 코트를 걸치고 삼색 플랫슈즈를 신었다. 더블 코트와 플랫슈즈는 전부 원피스와 어울리는 배색이었다.

거기에 핑크 귀걸이와 망고 토트백으로 과하지 않게 포인트를 줬다.

전부 30만 원 내에서 해결한 것들이다.

김두리는 완전히 변해 버린 자신의 모습을 거울에 비춰보며 만족해했다.

그런 김두리의 옆에서 정미연이 몇 가지 설명을 덧붙였다.

"얼굴 귀염성 있게 예쁘고 몸매도 전체적으로 나쁘지 않아. 그런데 너무 앉아 있는 시간이 많아서 그런지 하체에 살이 조금 과하게 붙어 있어. 원피스를 연핑크로 맞춘 건 그 옥의 티를 가리기 위해서야. 살색이랑 비슷해서 보완해 주거든. 앞으로 더 찌지 않게 주의해."

아마 다른 사람에게 그런 말을 들었다면 기분이 상했을 테지만 정미연은 예외였다.

김두리는 생글거리며 웃는 얼굴로 신이 나서 대답했다.

"네, 언니! 충고 고마워요. 헤헤."

그 순간 김두리의 스트레스가 75까지 뚝 떨어졌다.

"근데 아까 얘기하는 거 보니까 오늘 친구 만난다고?"

"네."

"꿀리기 싫다고도 했던 거 같은데?"

"맞아요."

"절대 안 꿀릴 테니까 자신 있게 만나."

"그럴게요! 아, 그런데 우리 오빠랑은 어떻게 아는 사이에요? 저한테까지 이렇게 도움 주시고. 엄청 친하신 것 같아서, 헤헤."

김두리의 물음에 정미연이 옅은 미소를 머금었다.

"내 지갑 소매치기 당할 뻔했던 걸 구해준 은인이야."

전혀 예상치 못했던 대답에 김두리의 눈이 휘둥그레졌다.

"오빠… 가요?"

"그리고 평생 대인 기피증 걸려 사회생활 못 할 뻔했던 여사친 한 명도 구제해 줬지."

뻥이다.

정미연은 주로미의 상황에 대해서 전혀 모르고 있다.

다만, 수줍음이 많고 스스로의 아름다움에 대해 전혀 인지 못 하는 것이 안타까웠다.

그게 전부였지만 일부러 살을 붙여 얘기했다.

둘 사이의 사연을 아는 사람이 본다면 김두찬을 일부러 띄 워준다는 걸 알 터였다.

'미연 씨가 왜?'

김두찬이 의문을 갖거나 말거나 정미연의 얘기는 계속 이어 졌다.

"그거 보고 제법 괜찮은 사람이구나 싶었어. 실제로 얼굴 마주한 건 몇 번 안 되지만 그래서 친해지기로 했어. 물론 이건 나 혼자만의 생각이고, 네 오빠 생각은 어떤지 듣지 못했지 만."

"헐."

김두리가 놀란 눈으로 김두찬을 바라봤다.

그녀의 호감도가 25에서 40으로 솟구쳤다.

[퀘스트: 여동생의 스트레스를 풀어주세요. 스트레스 70/100]

＊　　　　＊　　　　＊

김두찬은 김두리와 정미연을 데리고 백화점 지하의 푸드코트로 향했다.

밥 생각이 없다던 김두리는 초밥과 우동, 규동이 함께 나오는 세트메뉴를 주문했다.

김두찬은 돈까스 정식을, 정미연은 중식 코너에서 짬뽕밥을 시켰다.

다들 빈 테이블에 모여 앉아 음식을 먹었다.

김두리는 신나게 초밥을 욱여넣었다.

정미연은 밥을 짬뽕에 턱 말더니 크게 퍼서 입에 넣었다.

예쁘고 부티 나 뵈는 외모와는 전혀 어울리지 않는 행동이었으나 묘하게 매력적이었다.

"정말 그걸로 되겠어요? 탕수육이라도 더 시키지."

김두찬이 돈까스를 썰며 물었다.

"난 여기서 이게 제일 좋아요."

"짬뽕을 좋아하나 봐요."

"탕이나 국 찌개 종류를 좋아해요."

"왜요?"

김두리가 불쑥 끼어들어 물었다.

정미연은 계속 짬뽕밥을 떠먹으며 대답했다.

"술을 자주 마시거든."

"아… 멋지다."

김두찬이 어처구니없는 시선을 김두리에게 던졌다.

지금 이 소녀에게는 젊은 나이에 잘나가는 스타일리스트 언니가 우상처럼 느껴지는 모양이었다.

"근데 여기서 만날 줄은 몰랐어요."

"그러게요."

"옷 사러 왔어요?"

"옷 보러 왔어요. 마음에 드는 게 있으면 사는데 오늘은 꽝 이네요."

김두찬은 그녀에게 총액 4천만 원을 호가하는 옷과 시계, 운동화를 선물 받았다.

그 때문인지 자신과 같은 공간에서 옷을 보고 있다는 게 괜히 이상했다.

그런 김두찬의 생각을 읽기라도 한 듯 정미연이 말했다.

"그때 그 옷은 그 사치스러운 새끼가 원해서 샀던 거예 요. 나 그런 옷 잘 안 사요. 한국에서 고가 명품 걸치고 다니 는 사람 1퍼센트도 안 돼요. 스타일리스트는 비싼 옷을 사람들에게 걸치는 게 아니라 그 사람에 맞는 스타일을 찾아주는 직업이고."

"그 사람에 맞는 스타일을 찾아주는 직업… 진짜 멋져요, 언니."

그 말에 정미연이 피식 웃었다.

"두찬 씨 동생은 누구랑 다르게 사람 기분 맞출 줄 아네요?"

"네?"

"아니에요."

정미연은 다시 짬뽕밥을 먹는 데 집중했다.

김두리가 그런 정미연을 함박웃음 가득 짓고 바라봤다.

*           *           *

"밥 잘 먹었어요."

"언니, 이제 어디 가요?"

"집에."

"그렇구나. 아쉽다. 오늘 정말 고마웠어요."

"내가 사준 것도 아닌데 뭐. 두찬 씨, 밥 잘 먹었어요."

"아, 네. 두리 옷 같이 봐주셔서 감사해요."

"아무튼 그만 가볼게요. 어젯밤도 꼴딱 샜더니 피곤하네."

"조심히 들어가세요, 언니!"

정미연은 손을 가볍게 흔든 뒤 미련 없이 뒤돌아서 가버렸다.

"후와아. 진짜 대단했어."

김두리가 황홀함에 푹 젖어 말했다. 그러더니 돌연 김두찬을 가늘어진 눈으로 째렸다.

"왜?"

"언니가 한 말, 정말로 정말이야?"

"무슨 말?"

"오빠가 소매치기 잡고, 대인기피 있는 여사친 도와줬다는 거."

앞의 상황은 맞지만 뒤의 상황은 살짝 달랐다.

그러나 굳이 아니라고 할 필요는 없었다.

"맞아."

"진짜 대박이다. 내가 알던 오빠의 모습은 대체 뭐였던 거야?"

"잘못 알고 있던 거고 이제 진가를 보는 거지."

"헐, 잘난 체까지? 정말 우리 오빠 맞아?"

"사줬던 옷 도로 뺏는 속 좁은 오빠로 만들지 말아주겠니."

"알았어, 알았어. 오빠, 음료수 마시러 가자. 이건 내가 사줄게."

"그래도 양심은 있네."

김두리와 김두찬은 백화점 로비에 비치된 간이 카페에서 커피 한 잔씩을 주문해 마셨다.

남매는 테이블에 마주 보고 앉아 커피만 홀짝이며 한동안 말이 없었다.

두 사람은 이런 시간을 가져본 적은 한 번도 없었다.

그렇다 보니 어색함이 밀려왔다.

김두찬이 김두리의 머리 위에 떠오른 숫자를 힐끔거렸다.

'43.'

그새 3포인트가 더 올라 있었다.

'이제 슬슬 물어봐도 되지 않을까?'

김두찬은 조심스레 말을 꺼냈다.

"근데 두리야."

"응?"

"너 요새 뭐 스트레스 받는 일 있어?"

"없다니까. 그보다 사람들이 지나가면서 오빠 엄청 힐끗거리는 거 알아?"

"그랬어?"

"장난 아니야."

김두리가 김두찬을 아래위로 훑어봤다.

"진짜 오빠가 객관적으로 놓고 보면 엄청 괜찮은가 봐? 나는 왜 모르겠지?"

"나도 너 예쁜 거 모르겠어."

"흥이다."

"말 돌리지 말고 무슨 일 있는 거 맞지? 차은유라는 애랑 문제 있는 거야?"

"아 맞다, 차은유. 지금 몇 시야?"

"일곱 시 조금 넘었어."

"흐아아. 곧 연락 오겠네."

"왜 그렇게 걔 만나는 걸 싫어해?"

"몰라. 짜증 나."

"학기 초에는 밥 먹으면서 걔 칭찬도 하고 그랬잖아."

"그랬지. 그때는 착한 줄 알았으니까. 그런데 여우도 그런 상여우가 없어. 나한테 무슨 라이벌 의식 같은 거 있나 봐. 그런 거 알아? 사람 은근히 엿 먹이는 거?"

김두찬은 그 말을 듣자마자 갑자기 정지훈의 얼굴이 떠올랐다.

"알지. 정말 짜증 나지, 그런 짓거리."

"그치? 짜증 나지? 막 나 위해주는 척하면서 결국 지가 더 잘나 보이는 쪽으로 분위기 만든다니까? 그리고 저번에는 우리 반 남자애들이랑 분식집 가는데 바람이 부는 거야. 그냥 산들바람이었는데 지 혼자 태풍 맞고 '엄마!' 하면서 털썩 쓰러지고 지랄. 남자애들이 괜찮냐고 오버 떨면서 일으켜 줬더니 대뜸 나한테 부럽다 그러더라? 다리가 튼튼해서 좋겠다고! 남자애들 있는데 그게 할 소리야? 지 다리 얇다고 아주 동네 방네 광고를 하더라. 그렇게 자랑하고 싶으면 똥꼬 치마 입고 학교 와서 하루 종일 복도나 런웨이 하든가!"

김두리가 입에 모터를 달았다.

그동안 쌓였던 게 많았었다.

하지만 차은유가 남들이 알게 모르게 김두리를 엿 먹이니 누구한테 하소연할 수도 없었다.

괜히 그랬다가 친구 뒷담화나 하는 인간으로 낙인 찍혀 자기 이미지만 나빠질 게 뻔했으니까.

그러던 차에 김두찬이 맞장구를 쳐주니 절로 입이 열렸다.

"근데 차은유는 너한테 왜 그러는 건데?"

김두찬은 진심 짜증 섞인 음성으로 물었다.

평소에 오가는 대화 한 번 없다고 하지만 그래도 핏줄은 핏줄이다.

친동생이 불여우에게 엿을 먹었다는 얘기를 듣고 기분 좋을 오빠는 없었다.

그걸 느낀 김두리의 마음이 조금씩 풀리고 있었다.

김두찬의 눈앞에 뜬 시스템 메시지가 증거였다.

김두리의 스트레스 치수가 58까지 내려가 있었다.

역시 상대방의 마음을 풀어주는 가장 좋은 방법은 진심으로 그의 이야기를 들어주는 것이다.

"말했잖아. 라이벌 의식 있는 것 같다고."

"뭘로?"

"미모로."

"……"

"무슨 말 나올지 알 것 같으니까 하지 마. 그냥 들어줘."

김두찬은 김두리의 말이 어처구니없는 건 아니었다. 다만 자기 입으로 그런 말을 하는 뻔뻔함에 살짝 놀란 것이다.

객관적으로 봤을 때 김두리는 예쁘다.

만약 김두리의 말이 사실이라면 차은유도 예쁠 것이고 김두리보다 자기가 더 빛나기 위해 수작질을 벌여왔다는 스토리가 된다.

"하아, 이따가 지 남친 데려온다고 하던데."

말을 하는 김두리의 스트레스가 다시 61까지 올랐다.

차은유를 떠올리는 것만으로도 스트레스였다.

"그렇게 싫으면 만나지 마."

"안 돼. 그럼 도망치는 것 같잖아. 만나서 콧대를 눌러줘야 속이 시원할 것 같다고. 그런데 난 남자친구가 없잖아. 이미 졌어."

"흐음."

뭐 좋은 수가 없을까 고민하던 김두찬에게 누군가가 다가와 말을 걸었다.

"저기……"

"네?"

무심결에 대답하며 고개를 돌리니 20대 초반의 웬 여인이 쭈뼛거리며 서 있었다.

"저… 한 번도 이런 적 없었는데요. 놓치면 정말 후회할 것 같아서요. 혹시… 앞에 분 여자친구 되시나요?"

김두찬은 지금 이게 무슨 상황인지 곰곰이 생각하다가 눈을 흡떴다.

'나 지금 대시당하는 거야?'

놀란 김두찬이 말없이 눈만 깜빡이니 여인의 얼굴이 붉게 달아올랐다.

"아… 제가 실수했나 보네요. 죄송합니다!"

그러고는 뭐라고 할 새도 없이 후다닥 도망쳤다.

이를 본 김두리가 입을 쩍 벌렸다.

"대박. 나 지금 뭘 본 거야?"

"그러게……."

"오빠. 남들이 보기에는 오빠가 진짜 괜찮은가 봐. 흠… 그러고 보니 키 크고, 몸 좋고, 얼굴 빠지는 데 없고, 피부 깔끔하고… 아, 인정하기 싫은데 훈남이네."

훈남이 아니라 초절정 미남이다.

하지만 김두리는 친오빠를 미남 대열에 올려놓지는 않았다.

아무튼 그녀의 생각과 달리 현실적인 반응들이 친오빠는 이성의 마음을 제법 홀리는 남자라는 인상을 심어줬다.

그러자 쭈구리처럼 구겨지던 마음이 갑자기 확 펼쳐졌다.

"오빠! 이따 은유 같이 만나자."

"뭐 하러."

"그냥 내 옆에 있어주기만 해. 그럼 돼. 아니다. 평소보다 조금 더 친절하게 해줘. 아, 그냥 오늘 나한테 했던 것처럼 해주면 돼. 해줄 수 있지?"

"그래, 뭐. 어려운 것도 아니고."

"오케이. 하아, 이제야 마음이 좀 놓이네."

그때였다.

김두찬의 뱃속에서 신호가 왔다.

"두리야. 나 잠깐 화장실 좀 갔다 올게."

"뭐? 이제 곧 은유 올 거란 말야! 지 남자친구 팔짱 끼고!"

"최대한 빨리 해결할게."

김두찬은 말미에 몸을 일으키며 화장실로 향했다.

"빨리 와!"

그런 그의 뒤로 김두리의 앙칼진 음성이 날아들었다.

*       *       *

"두리야~"

이 간드러지는 목소리는 김두리에겐 만병의 원인이나 다름없었다.

당장이라도 구역질이 날 것 같았지만 꾹 참고서 미소를 지었다.

"왔어, 은유~"

예상대로 차은유는 남자친구 민태우의 옆에 찰싹 붙어 있었다.

민태우는 훤칠한 키에 스키니한 몸매의 꽃미남이었다.

그의 한 손에는 촬영용 카메라가 들려 있었다.

"안녕, 두리야."

민태우는 올해로 20살, 김두찬과 동갑이다.

그리고 인터넷 BJ라는 특별한 직업을 가지고 있었다.

그렇게 유명하지는 않지만 신인 BJ치고 제법 많은 팬을 확보한 상태다.

그의 방송 콘텐츠는 주로 노래였다.

얼굴 반반한 남자가 노래까지 잘 부르니 여성 시청자들이 주로 그의 방송을 보러 들어왔다.

"응. 안녕. 근데 둘이서 여긴 어쩐 일이야?"

그 물음에 차은유가 대답했다.

"아, 오늘 인 백화점 야외무대에서 노래자랑 있대서 왔지. 마침 너도 있다길래 같이 구경하면 좋을 것 같아서."

"노래자랑?"

"1등 하면 30만 원 상품권 준대. 그래서 받으러 왔어. 우리 자기 노래 실력 너도 알지?"

"그럼~ 1등은 답정이네."

"당근이지. 자기, 자신 있지?"

"나 민태우야. 걱정하지 마. 상품권 받아서 바로 울 애기 원하는 거 사줄 테니까."

"정말? 자기가 최고야!"

차은유는 민태우의 팔에 얼굴을 비벼댔다.

안 그래도 외로운 김두리의 가슴에 대놓고 불을 지피는 중이었다.

"두리야, 너도 얼른 이런 멋진 남자친구 만나. 주변에 너 좋다는 애 많잖아. 연애하면 세상이 꽃밭이야."

그 꽃밭 불도저로 밀어버리고 싶었다.

'그냥 집에 갈까.'

다 꼴 보기 싫어져서 자존심이 구겨지거나 말거나 집에 가는 게 낫겠다 생각하던 그때였다.

김두리의 뒤에서 조각 같은 얼굴에 모델 같은 몸매를 가진 남자가 다가왔다.

게다가 걸치고 있는 옷을 보니 패션 센스도 제법이었다.

그가 지나가는 곳마다 뭇 여성들의 시선이 일제히 집중됐다.

차은유도 예외는 아니었다.

남자의 미모에 차은유의 가슴이 덜컹 내려앉았다.

'개멋있어.'

바로 옆에 있는 민태우의 존재가 태양 앞의 꼬마전구처럼 작아졌다.

그런데 그런 남자가 김두리를 불렀다.

"두리야~ 늦어서 미안. 오래 기다렸어?"

"아니야, 괜찮아."

차은유의 눈이 휘둥그레졌다.

그녀가 김두리에게 물었다.

"두리야, 누구야?"

김두리가 승리자의 미소를 머금고 대답했다.

"친오빠."

그녀의 호감도가 50으로 상승했다.


[퀘스트: 여동생의 스트레스를 풀어주세요. 스트레스 45/100]

# Liking 23

해에게서 소년에게

차은유는 김두찬이 김두리의 친오빠라는 사실을 믿을 수가 없었다.

"치, 친오빠? 레알?"

"응. 오빠, 쟤가 은유야. 차은유."

김두찬이 차은유를 바라봤다.

'확실히 예쁜 얼굴이야.'

김두리가 귀여운 쪽으로 예쁘다면 차은유는 섹시한 쪽이었다.

게다가 그녀는 아직 어린데도 남자를 홀리는 법을 알고 있었다.

괜한 눈짓과 슬며시 흘리는 웃음, 의미 없는 손짓 한 번으로 사내의 마음을 흔들어놓는 데 선수였다.

그런데 그런 차은유가 김두찬을 보는 순간 굳어버렸다.

저런 비주얼은 여태껏 살아오면서 영상 매체를 통해서만 접해왔다.

실제로 보는 건 처음이었다.

"얘기 많이 들었어요. 우리 두리랑 친하다고요?"

'우리 두리'라는 대목에서 김두리가 저도 모르게 주먹을 불끈 쥐었다.

손발이 오그라드는 건 김두찬도 마찬가지였지만 꾹 참았다.

어쨌든 지금은 김두리를 띄워주는 게 중요하다.

"아, 네. 안녕하세요, 오빠. 그냥 말 편히 하세요. 헤헤."

차은유가 눈웃음을 쳤다.

그녀의 시선은 김두찬이 나타난 이후 줄곧 그에게만 향해 있었다.

옆에 팔짱을 끼고 있는 남친은 꿔다 놓은 보릿자루가 되어버렸다.

"흐흠."

결국 민태우가 더 참지 못하고 헛기침을 했다.

그제야 정신을 차린 차은유가 민태우를 소개했다.

"아, 이쪽은 제 남친이에요."

좀 더 자세히 설명해 줄 거라 생각했는데 그걸로 끝이었다.

어쩔 수 없이 민태우는 자기소개를 스스로 해야 했다.

"민태우라고 해요. BJ 활동 중이고요."

"반가워요. 김두찬이라고 해요."

"김두찬이요? 이름이 외모랑은 잘 안 붙네요."

민태우가 대놓고 김두찬에게 쪽을 주려 했다.

그에 김두리가 당장 도끼눈을 뜨고서 민태우를 노려봤다.

하지만 정작 김두찬은 의연하게 받아 넘겼다.

"그렇죠? 태우 씨처럼 멋진 이름 가진 분 보면 정말 부럽더라고요."

김두찬은 지금껏 살아오면서 수많은 괴롭힘과 핍박을 당해왔다.

저 정도의 공격은 멘탈에 스크래치도 내지 못한다.

김두찬이 그렇게 나오니 뻘쭘해진 건 민태우였다.

누가 봐도 그가 어른스럽지 못하게 유치한 짓거리를 한 것으로 비추어졌다.

게다가 더 가관인 건.

"아니에요. 오빠 이름도 멋있어요."

차은유가 저도 모르게 김두찬의 편을 들고 나선 것이다.

민태우가 그런 차은유의 옆구리를 툭 건드렸다.

그제야 차은유는 자신의 실수를 깨닫고 얼른 입을 다물었다.

'내가 왜 이래? 남친 옆에 두고 뭐 하는 거야? 정신을 못 차

리겠네.'

멀쩡한 정신으로 대하기에는 김두찬의 매력이 너무나 치명적이었다.

조금 전 눈앞에 나타나서 아무것도 하지 않고 말 몇 마디 나눴을 뿐인데 미친 듯이 끌렸다.

하지만 차은유는 그런 자신의 마음을 다잡았다.

그녀는 어디를 가든 항상 자기가 제일 돋보여야 성미가 풀리는 스타일이었다.

김두리를 은근히 괴롭히는 이유도 그래서였다.

그녀가 있는 반에서는 김두리 빼고 딱히 미모로 견줄 만한 사람이 없었다.

그러니까 김두리만 밟으면 스포트라이트는 절로 자기 것이 될 터였다.

해서 차은유는 김두리의 이미지를 어떻게든 망가뜨리고 자신이 빛이 나려 애썼다.

숱한 남자들의 구애를 거절하고 인터넷 노래 방송 BJ인 민태우와 사귄 것도 그래서다.

자신이 가장 돋보일 수 있는 남자를 고른 것이다.

"그 옷 새로 산 거야?"

차은유가 화제를 돌렸다.

옷 얘기가 나오자 김두리가 활짝 미소 지었다.

"응. 예쁘지?"

"예쁘긴 한데… 전체 깔 맞춤보단 다른 색으로 포인트 주는 게 더 낫지 않았을까?"

다른 때였다면 김두리의 속이 또 부글부글 끓었을 것이다.

하지만 지금은 웃음만 나왔다.

감히 유명 스타일리스트 정미연이 스타일링해 준 걸 지적하다니?

"은유야. 너 혹시 정미연이라고 알아?"

"그게 누군데?"

차은유가 눈을 크게 뜨고 천천히 깜빡깜빡거렸다.

그것은 남자들에게 자신의 귀여움을 어필할 때 주로 쓰는 스킬이었다.

저도 모르게 남자 홀리는 게 몸에 밴 것이다.

"코리안 뷰티스타 못 봤어?"

"봤지. 아, 거기 나왔던 스타일리스트? 알아. 엄청 유명하잖아. 근데 그건 왜?"

"이거 미연 언니가 스타일링해 준 옷이야."

"…뭐?"

차은유는 김두리의 말이 선뜻 이해되지 않았다.

김두리와 정미연 사이엔 그 어떤 연결 고리도 없었기 때문이다.

그런 정미연의 내심을 읽은 김두리가 굳이 설명을 늘어놓았다.

"나도 몰랐는데 우리 오빠가 미연 언니랑 베프인 거 있지? 아까 우연히 백화점에서 만났는데 엄청 친한 거야. 그래서 나도 오빠 친동생 찬스로 덕 좀 봤지."

"정말… 이예요?"

차은유가 김두찬에게 물었다.

그녀의 시선은 '설마 아니겠지?'라는 기대를 담고 있었다. 하지만 현실은 차은유가 바라는 대로만 흘러가는 게 아니다.

"그런 걸로 거짓말할 이유가 없지. 정말이야."

그때 김두리가 주머니에서 명함 한 장을 꺼내 흔들었다.

아까 저녁을 먹을 때 얻어둔 정미연의 명함이었다.

이를 본 차은유의 미간이 살짝 구겨졌다.

하지만 얼른 미소로 그것을 감춘 차은유가 맘에도 없는 소리를 뱉었다.

"진짜 좋았겠다, 두리야."

"장난 아니었어. 나 태어나서 그렇게 멋진 언니는 처음 봐. 걸크러쉬 제대로였다니까."

김두리가 눈을 초롱초롱 빛내며 정미연을 찬양했다.

그런 그녀의 스트레스가 37까지 떨어졌다.

'역시. 전부 차은유 때문이었어.'

스트레스의 원인이 확실해졌다.

그때 김두찬에게 한 방 먹은 뒤 여태 잠자코 있던 민태우가 차은유의 팔을 끌어당겼다.

"그만 야외무대로 가자, 은유야."

민태우는 이 자리가 썩 내키지 않아 다른 곳으로 가려 했다.

"아, 맞다. 곧 노래자랑 시작할 시간이지? 두리야. 같이 가자."

"응? 난 슬슬 집에 가려고 했는데."

이미 차은유의 콧대를 확 눌러줬으니 속이 시원한 참이다.

여기서 더 같이 행동해야 할 이유가 없었다.

하지만 차은유 역시 김두리를 그냥 보내줄 생각이 아니었다.

한 번 당했으니 한 번 갚아줘야 했다.

"우리 오빠 야외무대에서 노래하는 거 구경하고 가. 응? 나혼자 구경하면 심심하단 말이야."

김두리는 찰나지간 고민했다.

썩 내키진 않지만 그냥 노래 부르는 걸 보기만 하는 건데 무슨 일 있겠나 싶었다.

그리고 생각해 보니 자기가 도망치듯 자리를 떠날 필요도 없었다.

뭐가 꿀린다고.

"그래, 알았어."

"와~ 다행이다. 그럼 지금 나가자! 벌써 사람들 제법 모여 있을 거야."

차은유가 민태우와 함께 서둘러서 야외무대로 향했고, 그
뒤를 김두찬과 김두리가 따라갔다.

"오빠."

차은유가 걷는 도중 민태우에게 귓속말을 했다.

"응?"

"이따 방송 켤 거지?"

"켜야지."

"무대 올라갈 때 두리네 오빠도 끌고가."

"강제로?"

"방송 찍어달라는 핑계 대고. 그냥 찍기만 해달라고 해. 두
리 앞이니까 동생 얼굴 생각해서 그런 부탁 거절 못 할 거야."

차은유의 말을 듣고 난 민태우가 씩 웃었다.

"쪽 주고 싶구나."

"내 생각 읽었어?"

"오케이. 오빠가 알아서 할게."

앞에서 무슨 꿍꿍이를 꾸미는지도 알지 못한 채 네 사람은
야외무대에 도착했다.

*　　　　*　　　　*

야외무대 주변에는 이미 많은 사람들로 북적였다.

인 백화점에서는 고객 유치 차원으로 상품권을 걸고 한 달

에 한두 번씩 이런 이벤트를 진행했다.

그리고 민태우는 이벤트가 열릴 때마다 늘 참여해서 1등상을 거머쥐었다.

매 이벤트마다 1등을 독식함에도 백화점 측에서는 그에게 아무런 제재를 가하지 않았다.

노래를 상당히 잘해서 제법 화제성이 있었기 때문이다.

그런 사람이 노래자랑에 나와 화제몰이를 해주면 백화점에도 콩고물이 떨어진다.

온갖 조명과 현란한 장식들로 제법 그럴싸하게 꾸며진 야외무대 위로 진행자가 등장했다.

그는 능수능란한 말솜씨로 관객들에게 웃음을 주며 바람을 충분히 잡은 뒤 본론으로 들어갔다.

"자, 그럼 지금부터 인 백화점에서 주최하는 야외무대 노래자랑을 시작하도록 하겠습니다."

그때 민태우가 카메라를 들고 방송을 시작했다.

"인튜브 라이브 친구들 안녕. 태우야~ 오늘은 야외 방송이야. 내가 지금 인 백화점 야외무대에 나와 있거든. 왜냐? 내 방송 오래 시청한 친구들은 알겠지만 여기 노래자랑을 항상 나가기 때문이지. 이번에도 내 목표는 뭐? 당연히 1등상이다. 솔직히 이젠 그냥 페이 받고 무대 뛰는 것 같은 기분이 들 정도야. 조금 시시해지고 있어서 이번까지만 나오고 그만둘까 싶어. 잔챙이들 노는데 끼어서 뭐해. 그렇지?"

김두찬은 민태우의 낯이 참 두껍다고 생각했다.

어떻게 저런 이야기를 아무렇지 않게 할 수 있는 건지.

역시 자신은 BJ 체질이 아니라는 것을 다시 한 번 깨달았다.

그때 사회자가 큰 소리로 외쳤다.

"구리시민이라면 어지간한 분들은 이제 룰이 뭔지 아시죠? 우리는 사전 신청 없습니다. 무조건 현장 신청이고, 지금부터 선수 받습니다. 선착순 일곱 명!"

"나가야겠다. 꾸물대다가 머릿수 넘치면 안 되니까. 근데 나 찍어줄 사람이 필요한데… 저기요."

민태우가 김두찬을 불렀다.

"저요?"

민태우는 전에 없이 선한 미소를 지으며 고개를 끄덕였다.

"네. 저랑 같이 무대 좀 올라가 주시겠어요? 방송 촬영해 줄 사람이 없어서 그러는데 도와주세요."

"은유가 찍어주면 되잖아요."

김두리가 나서서 민태우의 부탁을 거절했다.

"은유는 촬영 고자라 절대 안 돼. 인튜브 친구들 얘가 찍는 거 보다가 다 오바이트한다. 어지러워서. 그러니까 부탁 좀 할게요. 빨리 안 올라가면 머릿수 차서 참가 못 해요."

민태우가 들고 있던 카메라를 건넸다.

"우리 오빠가 그쪽 카메라맨이에요?"

김두리가 또 민태우에게 또 편잔을 줬다.

그러자 인튜브 라이브 채팅창에 김두리와 김두찬에 대한 비방 글이 빠르게 올라왔다.

기한킹: 여자 얼굴 좀 보여줘 봐! 왜 저렇게 앙앙대?

철백: 오크일 확률 백퍼. 생긴 대로 논다에 내 손모가지를 건다. 너는 뭣을 걸래?

개나리: 여자애 오빠 누구냐? 그거 들어주는 것 가지고 되게 비싸게 구네.

길가다똥싸씨: 우리 태우 오빠 일반인한테 무시당할 싸이즈 아니거든요?

형상준: 오빠는 아직 아무 말도 안 했는데 여자애가 나대서 쌍으로 욕먹는 각ㅋㅋㅋㅋㅋㅋㅋㅋ

땅을걷는자: 여동생이 발암 ㅇㅈ?

다원: ㅇㅈ

카메라는 민태우만을 비추고 있었다.

스마트폰으로 라이브 화면을 켜놓고 있던 차은유가 채팅창을 보고 속으로 웃었다.

한편 민태우는 어떻게든 김두찬을 무대 위에 올리기 위해 계속 수작을 벌였다.

"한 번만 부탁드릴게요. 네?"

민태우가 간절한 표정을 지으며 손까지 모았다.

'저 무대 올라가면 저절로 참가 신청되는 시스템 아니었나? 민태우가 그걸 모를 리는 없고… 날 쪽 주려고 수작 부리는 건데.'

김두찬이 민태우의 속셈을 대번에 간파했다.

그냥 무시할까 생각하다가 동생을 힐끔 바라봤다.

김두리는 마땅찮은 시선으로 민태우를 노려보고 있었다.

'그래도 내 동생은 내 동생이네. 오빠 부려먹으려 한다고 저렇게 달려드는 거 보면.'

괜히 마음이 따뜻해지는 김두찬이었다.

'두리야. 오빠가 네 스트레스 완전히 사라지게 해줄게.'

김두찬은 민태우에게 속아주는 척하며 카메라를 넘겨받았다.

"그래요, 그럼."

그런데 그 과정에서 카메라가 잠깐 김두찬의 얼굴을 비췄다.

순간 채팅창이 마비되었다.

이후 갑자기 불붙은 듯 여러 사람들이 키보드를 두들겨 댔다.

**제이나:** 방금 뭐냐?

**모쏠이싫어요:** 배우 아니었어?

스모커: 아까 일반인 드립 쳤던 새끼 나와.

근영쓰: 방금 나만 본 거 아니지? 다 같은 걸 본 거지?

간지쾌남주석: 우와! 뭐야! 존잘러!

태진이짱: 캡쳐한 사람 없냐?

어둠의다크: 얼굴 한 번 다시 보여주세요!


무려 1,300명 이상이 보고 있는 방송이다.

게다가 대부분 여자들이다.

김두찬의 얼굴은 잠깐 나왔을 뿐이지만 시청자들이 난리가 났다.

그와 동시에 김두찬의 간접 호감도가 마구 치솟기 시작했다.

여고생이 올린 SNS 사진 덕분에 이미 간접 호감도는 189나 쌓인 상황이다.

그런데 여기서 시청자 한 명당 3씩 올라간다고 쳐도 3,600이고 10분의 1이 들어오면 360이다.

간접 호감도가 쉬지 않고 올라가더니 순식간에 500 총량을 찍었다.

'좋아.'

김두찬이 속으로 쾌재를 불렀다.

이렇게 되면 김두리의 한을 풀어주기에 더더욱 좋다.

그런 김두찬의 속을 모르고서 김두리는 소리를 빽 질렀다.

"오빠가 왜!"

김두찬이 카메라를 선뜻 넘겨받는 게 기분이 안 좋았다.

"감사합니다. 올라가죠."

민태우는 김두리가 더 난리 치기 전에 김두찬을 데리고 스테이지로 다가갔다.

"자, 다섯! 두 분 더 받습니다!"

이미 스테이지에는 다섯 사람이 올라와 있었다.

그때 민태우와 김두찬이 스테이지를 밟자 사회자가 한 손을 높이 올리며 말했다.

"오케이, 여기까지!"

"저기 아저씨."

"진행자님이라는 아름다운 호칭으로 불러주시면 고맙겠네요, 태우 씨!"

노래자랑의 사회자는 민태우를 알아봤다.

이미 몇 번씩이나 우승을 차지한지라 기억하지 않을 수가 없었다.

"중요한가요. 아무튼 저기 저분은 노래 때문에 참가한 게 아니고 나 찍어주려고 올라온 건데요."

"여기 룰 몰라요? 일단 올라오면 무조건 참가하는 거예요. 예외는 없어요. 어떤 이유로 올라왔든 중요하지 않아요. 이 룰은 여태껏 한 번도 깨지지 않았으니 노래를 해야 내려갈 수 있어요. 왜 그래요, 알 만한 사람이? 지금 저 친구 골려줄려고 일부러 판 짠 거죠?"

"에이, 그건 아니고."

"에이, 그게 아니긴. 정말 챔피언의 명성에 어울리지 않는 그런 못된 장난은 고맙습니다!"

사회자의 익살에 구경꾼들이 웃음을 터뜨렸다.

아울러 김두찬의 눈에 보너스 포인트를 얻었다는 메시지가 무서운 속도로 떠올랐다.

야외무대에 모인 시민들이 김두찬을 보고서 일제히 2에서 3, 많으면 5씩 호감도가 올라간 것이다.

포인트 입수를 알리는 메시지는 멈출 줄을 몰랐다.

'우와.'

김두찬이 그에 감탄하고 있을 때였다.

"이거 미안해서 어떡해요? 그런데 이제 노래를 할 수밖에 없는 상황이 됐네?"

민태우가 유들거리며 카메라를 피해 김두찬에게 귓속말을 했다.

상황이 자기가 원한 대로 되어버리자 가면을 벗고 바로 본색을 드러냈다.

'질이 안 좋네, 이 사람.'

김두찬은 그런 민태우를 보며 속으로 혀를 찼다.

민태우는 김두찬이 일부러 장단에 놀아주는 줄도 모르고 기세등등했다.

"처음부터 나 쪽 주려고 이런 거죠?"

민태우가 고개를 끄덕였다.

"속았지?"

민태우가 대뜸 말을 놨다.

그에 김두찬도 똑같이 말을 놔버렸다.

"아니. 그쪽 속셈 다 알고 있었는데."

"그걸 알면서 따라올라 왔다고? 노래 좀 하나 봐?"

"이제 나뿐만 아니라 시청자들도 다 알걸?"

"뭐?"

민태우가 흠칫하며 고개를 옆으로 돌렸다.

카메라 앵글을 피해서 귓속말을 하는 중이었는데, 어느새 앵글이 그의 얼굴을 잡고 있었다.

김두찬이 그가 카메라를 피하려는 순간 뭔가 있구나 싶어 앵글을 확 돌려 버린 것이다.

민태우의 목소리는 들어가지 않았지만, 김두찬의 목소리가 정확히 들어갔고 민태우가 고개를 끄덕이는 제스처와 표정이 잡혔다.

멍해진 민태우가 김두찬의 손에서 카메라를 빼앗아 상황을 수습했다.

"아 나 방금 너무 황당한 얘기를 들어서… 어처구니가 없네. 내가 작정하고 자기를 쪽 주려고 했다는 거야. 황당하지 않아?"

그가 상황을 수습하려 했지만 채팅창은 이미 시청자들끼리 민태우의 인성 논란으로 갑론을박 중이었다.

사회자의 말처럼 이 대회를 몇 번이나 참여했던 민태우가 룰을 몰랐을 리 없으니, 카메라맨을 쪽 주려고 한 게 확실하다는 쪽과 그냥 장난 좀 친 걸 너무 확대 해석하지 말자는 쪽이 팽팽하게 싸웠다.

그에 민태우가 갑자기 슬픈 표정으로 말을 뱉었다.

"다들 나 때문에 싸우지 마. 너희들 그러면 오빠 진짜 슬퍼. 그래. 의도적으로 저 사람 끌고 올라온 거 맞아. 하지만 내가 아무 이유 없이 그랬을까? 너희들은 내가 괜히 누구를 괴롭힐 사람 같아? 그런 오해는 하지 말자. 진짜 슬퍼진다. 저 사람이 나한테 무슨 짓을 했는지 너희 모르잖아. 그 이야긴… 후, 나중에 해줄게. 이 무대 끝나고."

민태우의 말에 시청자들은 다시 그를 옹호하기 시작했다.

그들은 우선적으로 민태우의 팬이다.

때문에 일단은 민태우가 하는 말은 믿고 본다.

이제부터 민태우는 대회가 끝나기 전까지 김두찬을 나쁜 놈으로 만들 스토리를 짜놓아야 했다.

"그럼 올라온 순서대로 일이삼사오륙칠! 노래 순서도 일이삼사오륙칠! 쉽죠? 부르고 싶은 노래를 저한테 전해주시면 바로 선곡해서 준비해 드립니다."

사회자가 참가자들을 한 명 한 명 지목하며 말했다.

참가자들은 이미 정해놓은 노래가 있던 터라 빠르게 선곡을 마쳤다.

민태우도 선곡을 하고 김두찬만 남은 상황이었다.

"어떤 노래 부르시겠어요?"

사회자가 마이크를 내리고서 물었다.

그에, 김두찬이 잠시 고민하다가 겨우 대답했다.

"넥스트… 해에게서 소년에게."

김두찬이 알고 있는 노래라고 하면 애니메이션 음악, 그것도 일본 쪽과 관련된 것이 대부분이다.

하지만 이런 무대에 올라와서 일본 애니 주제가를 부를 순 없었다.

그때 김두찬의 머릿속에 떠오른 게 3년 전쯤 인튜브 영상으로 접했던 라젠카였다.

일본의 갖가지 애니를 모두 섭렵하고 지루하던 차에, 한국 애니를 이리저리 찾아보기 시작했고 라젠카라는 애니가 있었다는 걸 알게 됐다.

그런데 애니도 애니지만 OST가 기가 막혔다.

김두찬에게는 애니보다도 그 OST가 더욱 와닿았다.

그래서 그날 이후부터 라젠카의 주제곡들을 항상 들어왔다.

신기하게도 이 노래는 들으면 들을수록 점점 더 좋아졌다.

나중에는 김두찬을 완전히 사로잡았다.

넥스트라는 그룹이, 신해철이라는 가수가 살아생전 이 노래를 무대에서 부를 때 함께 열광하지 못한 것이 한이 될 정도였다.

"이야, 이런 대회에서 잘 안 부르는 노랜데. 잘할 수 있죠?"

사회자가 의외의 선곡에 재미있어했다.

"열심히 해볼게요."

"그럼 저기에서 기다려 주세요."

무대 후방엔 간이 의자 7개가 있었다.

사회자가 음악을 세팅하고 진행하는 사이 참가자 7명은 나란히 의자에 앉아 있었다.

김두찬은 상태창을 열어 누적 포인트를 확인했다.

'직접 포인트가 1,474. 누적 포인트는 500.'

직접 포인트는 오늘 하루 동안 생활하면서 계속해서 누적됐다.

오늘 얻은 포인트는 274. 그중 김두리에게 얻은 건 얼마 안 되고, 30퍼센트는 지나가는 사람들에게, 나머지는 무대에 올라서며 김두찬을 본 수많은 관중들에게서 얻은 것이다.

'음… 누적 포인트 500과 직접 포인트 1,000을 노래에 투자하겠어.'

포인트가 투자되며 '노래: 0/100(F)'가 '노래: 0/1,600(B)'로 바뀌었다.

아울러 시스템 메시지가 나타났다.

[노래의 랭크가 E로 업그레이드됐습니다. 랭크 업 특전이 주어집니다. 음치의 영역에서 벗어납니다.]

김두찬은 순간 뜨끔했다.

그는 자타공인 어마어마한 음치였다.

노래라는 것에 눈곱만큼의 재능도 없었다.

그걸 스스로도 잘 알고 있었기에, 랭크 업 특전을 보고 찔렸던 것이다.

[노래의 랭크가 D로 업그레이드됐습니다. 랭크 업 특전이 주어집니다. 후두와 회염, 성대, 설골, 갑상연골, 윤상연골, 기관이 발성에 최적화된 형태로 바뀝니다.]

[노래의 랭크가 C로 업그레이드됐습니다. 랭크 업 특전이 주어집니다. 음역대가 3옥타브까지 열립니다. 가성, 진성, 흉성, 두성을 능숙하게 사용할 수 있게 됩니다.]

[노래의 랭크가 B로 업그레이드됐습니다. 랭크 업 특전이 주어집니다. 음역대가 4옥타브까지 열립니다. 절대음감을 얻었습니다.]

'끝내준다.'

20년 동안 벗어나지 못했던 음치의 굴레를 단번에 탈출했다.

"음. 으흠. 흠. 으으음~"

김두찬이 목을 가다듬고 살짝 허밍을 했다.

그 순간 스스로의 목소리를 듣게 된 김두찬은 목석처럼 굳었다.

그의 등줄기를 타고 짜르르 전율이 흘렀다.

'이게 내 목소리라고?'

자신의 목소리라 믿기 힘들 정도로 아름다웠다.

그냥 아름다운 게 아니라 사람의 정신을 홀릴 정도였다.

그때였다.

1번 참가자가 노래를 시작했다.

살짝 풍채가 좋은 여성이었는데, 발성이 좋고 음역대도 높았다. 보이스도 상당히 매력 있어 듣는 이의 귀를 단숨에 사로잡았다.

김두찬의 귀에도 그 여성의 노래 자락이 들려왔다.

그런데 김두찬은 다른 사람들처럼 마냥 여성의 노래를 즐길 수 없었다.

'음이 미세하게 틀려.'

일반인은 전혀 모르고 지나칠 부분이었다.

크게 틀리는 것도 아니고 미미한 수준이었으니 말이다.

게다가 여성의 특색 있는 보이스와 탁월한 발성은 이런 미흡함을 잘 가려주고 있었다.

하지만 김두찬의 귀는 그것을 확실하게 잡아냈다.

'내 귀에 이런 게 들리다니.'

스스로도 놀랄 노 자였다.

여성의 무대가 끝나고 관중들의 박수가 쏟아졌다.

이후로 참가자들의 무대가 죽 이어졌다.

2번부터 5번까지의 참가자들 역시 노래를 제법 하는 실력자였다.

그러나 김두찬의 귀를 완벽하게 만족시켜 주는 이는 없었다.

드디어 민태우의 차례가 됐다.

그가 무대에 나가 카메라를 바닥에 고정시켰다.

그때부터 관객들의 환호성이 터져 나왔다.

이미 민태우를 알아보는 사람들이 제법 있었다.

민태우가 선곡한 노래는 야생화.

전주가 흐르자 사람들은 전부 기대하는 눈으로 민태우에게 집중했다.

눈을 감고 감정을 끌어 모으던 민태우의 입이 스르르 열리며 첫 소절이 흘러나왔다.

"하얗게 피어난 얼음꽃 하나가……."

확실히 민태우의 실력은 대단했다.

인성은 둘째 치고 실력은 겉멋만 든 가짜가 아니었다.

앞서 노래를 불렀던 다른 참가자들보다 여러 면에서 훨씬 뛰어났다.

특히 가성과 진성을 자유롭게 넘나드는 기막힌 창법엔 관중들이 저도 모르게 탄성을 자아내도록 만들었다.

김두찬은 민태우의 노래를 들으며 생각했다.

'확실히 대단해. 그런데… 질 것 같지가 않아.'

어느새 민태우의 노래가 끝났다.

와아아아아아!

휘이이익!

짝짝짝짝!

관중들이 우레와 같음 함성을 내지르며 손바닥이 터져라 박수를 쳤다.

누가 봐도 현재 1위는 민태우였다.

"잘 들었습니다. 역시 매번 1등상을 휩쓸어가는 챔피언답네요! 그럼 마지막 참가자를 모셔볼까요?"

사회자의 눈짓에 김두찬이 무대로 나왔다.

민태우가 그런 김두찬을 지나치며 들고 있던 마이크를 넘겨줬다.

"발악해 봐."

라는 귓속말과 함께.

김두찬은 그런 민태우를 무시하고 무대 중앙으로 나갔다.

그러자 밝은 조명 아래 김두찬의 모습이 확연히 드러났다.

순간 관중석에서 정적이 흘렀다.

"……."

민태우가 나갔을 때와는 정반대되는 분위기였다.

그러던 와중 누군가가 저도 모르게 한마디를 흘렸다.

"사람이야, CG야……"

가뜩이나 잘생긴 얼굴인데 조명까지 받쳐주니 그 미모가 훨씬 빛을 발했다.

조명이 그를 빛내는 게 아니라 그가 스스로 빛나고 있는 것 같은 착각이 일 정도였다.

너무나 치명적으로 멋지고 아름다워서 차라리 현실감이 없었다.

지금 이 공간에서 오로지 김두찬만 다른 세상에 살고 있는 것 같았다.

민태우도 카메라로 그 광경을 중계하고 있었다.

김두찬이 자멸하는 꼴을 꼭 내보내고 싶었기 때문이다.

김두찬을 비추자마자 그의 미모를 칭찬하는 글들이 우르르 올라오는 건 짜증 났지만 참았다.

분명 김두찬은 자신을 이길 수 없을 테니까.

"무슨 노래를 부르실 거죠?"

사회자가 김두찬에게 물었다.

"넥스트의 해에게서 소년에게 부르겠습니다."

"기대되는 선곡이네요. 그럼 뮤직 스타트!"

사회자는 경쾌한 목소리로 시작을 알린 뒤 옆으로 빠졌다.

그러자 하나의 조명만 남긴 채 다른 모든 조명들이 점멸됐다.

김두찬은 스포트라이트를 받으며 눈을 감았다.

해에게서 소년에게의 전주가 흘러나왔다.

그가 천천히 리듬을 타며 마이크를 입으로 가져갔다.

"눈을 감으면."

스피커를 통해 그의 목소리가 퍼져 나갔다.

한 소절도 아니었다.

딱 두 마디였다.

한데 그것만으로도 사람들은 이미 홀린 듯 입을 쩍 벌렸다.

"태양의 저편에서 들려오는 멜로디. 내게 속삭이지."

노래를 하는 김두찬 본인도 놀라고 있었다.

아름다웠다.

자신의 목소리라고 믿을 수 없을 만큼 아름다웠다.

"이제 그만 일어나 어른이 될 시간이야. 너 자신을 시험해 봐. 길을 떠나야 해."

놀라운 일이었다.

김두찬의 잔잔한 보이스는 음악과 혼연일체가 됐다.

과하거나 모자람 없이 담백하게 한 구절 한 구절을 내뱉는데, 그 안에 담긴 감정이 묘하게 처연했다.

그런가하면 한편으로는 웅혼한 기운이 느껴졌다.

"미친… 말이 돼?"

무대 뒤에서 김두찬의 무대를 촬영하는 민태우가 저도 모르게 욕을 내뱉었다.

어떻게 하면 노래 가락에 상반되는 두 가지 감정을 버무려 사람들의 가슴에 그대로 전달할 수 있는 건지 모를 일이었다.

놀라운 건 감정뿐만이 아니었다.

가사를 전달하는 딕션부터 발성, 음색, 박자를 제 몸처럼 가지고 노는 것까지 어느 것 하나 흠잡을 데가 없었다.

'이건 아마추어가 아니야.'

프로였다.

이런 대회에서 마이크를 잡고 있을 수준이 아니었다.

당장 공중파 음악 무대에 서도 손색이 없을 정도였다.

"대박……."

밑에서 그 모습을 지켜보던 차은유가 저도 모르게 입을 열었다.

옆에 서서 김두찬의 노래를 감상하던 김두리가 고개를 돌렸다.

이미 차은유는 김두찬에게 완전히 홀려 있었다.

완전히 풀어져 버린 눈에서는 김두찬을 향한 갈망 같은 것이 엿보일 정도였다.

누가 봐도 이건 김두리가 이긴 게임이었다.

그녀가 기쁜 마음으로 다시 김두찬에게 시선을 돌렸다.

김두찬은 넓은 무대 위에 홀로 서 있었다. 하지만 무대가 꽉 차는 것 같은 느낌이었다.

어느 한 곳도 비어 보이지 않았다.

그만큼 지금 김두찬의 존재감은 압도적이었다.

'오빠가 이렇게 노래를 잘했었나?'

김두리는 한 번도 김두찬의 노래를 들어본 적 없었다.

어렸을 때부터 아예 같이 놀지 않았으니 당연하다면 당연한 일이었다.

그래서 막연하게 노래를 못하겠지 라고 생각했다.

한데 그런 그녀의 짐작이 완전히 무너졌다.

김두찬은 지금 그 누구보다 멋지게 노래를 소화하고 있었다.

그의 목소리는 그 자체로 하나의 음악이나 다름없었다.

노래가 절정으로 다가갈수록 김두찬의 보이스는 더더욱 빛을 발했다.

하지만 김두찬은 이 정도에서 끝낼 생각이 없었다.

이왕 민태우를 밟아주기로 마음먹은 거, 제대로 저지를 생각이었다.

'두리야. 네 자존심, 오빠가 확실하게 세워줄게.'

음악이 고조되어 갈수록 사람들의 가슴은 빠르게 뛰었다.

그리고 클라이맥스에 다다른 순간!

'핵 하나를 노래에 사용하겠어.'

김두찬이 핵을 사용했다.

그러자 시스템 메시지가 나타났다.

[핵을 사용했습니다. 노래의 랭크가 1분간 A로 상승합니다. 일시적으로 A랭크의 특전이 사용 가능해집니다. 모든 장르의 노래에 능숙해집니다. 노래를 듣는 사람들이 일시적 황홀경에 빠집니다.]

"변명하려 입을 열지 마. 그저 웃어버리는 거야. 아직 시간이 남아 있어. 너의 날개는 펴질 거야. *Now we are flying to the universe.* 마음이 이끄는 곳, 높은 곳으로 날아가~"

와아아아아아아!

김두찬의 노래가 폭발하며 관중들이 떠나가라 함성을 질렀다.

노래 자체의 힘도 어마어마했지만, A랭크의 황홀경이 마음을 흔들어놓은 것이다.

김두찬을 바라보는 모든 관객의 호감도가 일제히 올라갔다.

심지어 무대 뒤에 앉아 있는 참가자들과 사회자, 그리고 차은유의 호감도도 수직 상승했다.

이 광경을 생중계로 보고 있는 시청자들 역시 호감도가 쭉쭉 올라가고 있었다.

호감도가 내려가는 건 오로지 민태우뿐이었다.

그는 김두찬을 노려보며 이를 빠드득 갈았다.

'졌다……'

완패였다.

그는 마음속으로 이를 인정했다.

이건 자존심이 상하는 수준의 문제가 아니었다.

애초에 대적할 수가 없는 수준이다.

민태우가 달리고 있다면 김두찬은 하늘을 날고 있었다.

워낙 격차가 엄청나니 그저 허탈감만 가득했다.

'대체 어디서 저런 인간이⋯⋯.'

그가 좌절의 바다에서 허우적거리는 사이 김두찬의 노래는 클라이맥스를 지나 종장을 향해 갔다.

해에게서 소년에게는 신해철의 내레이션으로 끝을 맺는다.

열창을 한 김두찬이 묵직한 저음으로 내레이션을 흘렸다.

"⋯세상을 알게 된 두려움에 흘린 저 눈물이 이다음에 올 사람들을 인도하고 있는 것이지."

그의 내레이션과 함께 음악이 잦아들었다.

노래를 완곡한 김두찬이 마이크를 입에서 천천히 뗐다.

그리고 완전한 침묵이 내려앉았다.

그 넓은 무대 앞을 가득 메운 사람들이 단 한마디도 하지 않고 말없이 김두찬을 바라만 봤다.

그때, 정적을 깨며 누군가의 박수 소리가 요란히 들려왔다.

짝! 짝! 짝!

김두리였다.

그녀는 지금 이 순간 진심으로 자신의 친오빠를 멋지다고 생각했다.

그녀의 박수를 시작으로 여기저기서 박수갈채가 쏟아졌다.

휘이이이익!

격앙된 감정에 휘파람을 불거나 환호성을 지르는 사람도 있었다.

사회자도 그 분위기에 휩쓸려 진행은 뒷전이고 같이 박수를 치며 환호했다.

김두찬의 눈앞에 보너스 포인트 입수 메시지가 미친 듯이 나타나 위로 올라갔다.

오늘 한계치까지 적립 가능한 포인트 700가량이 단숨에 채워졌다.

김두찬은 자신에게 쏟아지는 이 열광적인 반응에 어안이 벙벙했다.

그동안 단 한 번도 이토록 많은 사람들에게 환호를 받은 적은 없었다.

꿈에서만 접했고, 공상 속에서만 그려왔던 상황이 현실로 이뤄졌다.

멍하니 서 있는 김두찬에게 겨우 정신을 수습한 사회자가 다가왔다.

"정말 등줄기가 짜릿해지는 무대였습니다. 노래를 듣고 제 가슴이 이렇게 뛰어본 게 얼마만인지 모르겠습니다. 아마 여기 계신 시민 여러분 모두 제 얘기에 공감하실 거라 생각합니다. 아직까지도 식지 않은 뜨거운 열기가 말해주고 있습니다."

관객들은 사회자의 말에 스스로의 심정을 대변해 듣기라도 하듯 고개를 주억거렸다.

"그럼 이제 심사위원 다섯 분을 모셔보겠습니다. 아시다시피 우리 대회는 공정성을 기하기 위해 즉석에서 시민 다섯 분을 뽑아 심사위원으로 모십니다. 절대 노래 시작 전에 뒷돈 먹이고 하는 게 불가능하다는 거 아시죠?"

사실 이 공연을 보면서 그런 걱정을 하는 사람은 아무도 없었다.

기껏해야 1등이 30만 원 상품권 한 장을 받는다. 2등은 20만 원 상품권, 3등은 10만 원 상품권, 나머지 참가자들에겐 3만 원 상품권을 수여한다.

이건 그냥 시민들이 직접 참여하는 재미를 주기 위해 마련한 아이디어다.

아울러 심사위원으로 무작위 선정된 이들에겐 1만 원 상품권이 지급된다.

사회자는 그 자리에서 심사위원 다섯을 뽑아 무대로 올렸다.

참가자 일곱 명은 일렬로 주르륵 서서 발표를 기다렸다.

심사위원은 잠시 동안 의견을 교환한 뒤, 1, 2, 3등을 정해 사회자에게 귓속말로 알려주었다.

고개를 끄덕인 사회자가 다시 마이크를 들었다.

"자, 여러분. 이번 대회에서 아주 큰 변수가 생겼습니다. 순위가 기대되시죠? 그럼 3등부터 발표합니다!"

사회자의 멘트가 진행되는 동안 김두찬은 여전히 얼떨떨해서 관중들을 바라봤다.

그들의 머리 위에 가득 떠 있는 호감도 수치가 계속해서 1, 2포인트씩 상승하고 있었다.

그 광경은 김두찬에게 계속된 희열을 안겨줬다.

반면 민태우는 전장에서 지고 온 패잔병처럼 힘없이 축 늘어져 있었다.

채팅창에서는 그런 민태우를 응원하는 반응이 반, 김두찬을 찬양하는 반응이 반이었다.

김두찬의 매력은 민태우의 골수팬이었던 시청자들까지 사로잡아 버렸다.

"3위는! 어른아이를 부른 1번 참가자, 박예지 님!"

"꺄악!"

자신의 이름이 불리자 박예지는 짧은 비명과 함께 앞으로 나왔다.

진행자는 그런 박예지에게 상품권을 건네줬다.

"이어서 공동 4위 발표합니다! 전혀 긴장감이 없는 공동 4위는! 2번, 3번, 4번, 5번 참가자입니다!"

네 명의 참가자가 키득거리며 멋쩍은 얼굴로 나와 상품권을 받아갔다.

"자, 그럼 대망의 1위를 발표하도록 하겠습니다. 6번 참가자 민태우 씨와 7번 참가자 김두찬 씨는 앞으로 나와주세요."

두 사람은 진행자의 말에 따라 앞으로 나와 섰다.

스포트라이트가 두 사람에게 집중되었다.

민태우는 어느새 방송을 꺼버린 상황이었다.

그의 손에 들린 카메라 앵글이 힘없이 바닥을 향해 있었다.

"자. 그 어느 때보다 귀가 호강했던 오늘 무대였는데요. 과연 늘 그래왔듯이! 민태우 씨가 왕좌를 지킬 것인지, 김두찬 씨가 새로운 왕좌에 앉을 것인지 기대되는 순간입니다! 그럼 발표하겠습니다! 인 백화점 주최 야외무대 노래자랑! 1위는!"

두구두구두구두구두구.

스피커에서 긴장감을 고조시키는 효과음이 들려왔다.

관중들은 다들 기대하는 시선으로 두 사람을 바라봤다.

그러다 긴장감이 최고조에 올랐을 때, 진행자가 소리쳤다.

"축하드립니다! '해에게서 소년에게'를 열창해 주신 김두찬 님! 심사위원 다섯 명의 만장일치로 오늘의 1등이 되셨습니다!"

빰빠밤! 빰빠빰! 빰빠밤!

팡파르가 울려 퍼짐과 동시에 민태우를 비추던 스포트라이트가 점멸됐다.

이어 사람들의 박수와 함성이 터져 나왔다.

"오빠 최고야아아아아!"

김두리가 그 자리에서 폴짝폴짝 뛰며 소리쳤다.

그녀의 호감도가 70까지 올라갔다.

김두찬의 눈앞에 스트레스가 퀘스트 진행 상황이 나타났다.

[퀘스트: 여동생의 스트레스를 풀어주세요. 스트레스 12/100]

스트레스가 37에서 김두찬이 노래를 부르고 상을 받는 동안 꾸준히 내려와 12까지 줄어들었다.

김두리가 신나게 박수를 치며 차은유를 바라봤다.

그녀는 자존심이 완전히 구겨진 얼굴로 아랫입술을 꽉 깨물고 있었다.

어지간하면 자신의 감정을 잘 감추는 차은유였다.

하지만 지금은 그게 뜻대로 되지 않았다.

너무 분하고 억울하고 자신이 초라하게 느껴졌다.

울분을 담아 꽉 쥔 주먹이 부들부들 떨려왔다.

'쌤통이다.'

차은유와 알고 지낸 이후 처음으로 속이 시원해지는 김두리였다.

한편, 무대 위에서는 사회자가 김두찬에게 다가와 상품권을 주고 인터뷰를 짧게 나눴다.

"정말 기가 막힌 무대였습니다. 도저히 일반인이라고 볼 수 없는 실력이던데 혹시 어느 기획사에 연습생으로 계신 건 아닌지 묻고 싶네요."

"아니에요."

"아니, 이 비주얼 그 노래 실력으로 연습생이 아니라고요? 당장 연예계 데뷔해도 손색없을 것 같은데."

"그쪽 관련한 일은 생각해 본 적이 없어서요."

"때로는 본인의 의지와 상관없이 상황이 흘러갈 때도 있는 법이죠. 자, 그럼 마지막으로 소감 한마디 부탁드리겠습니다."

마이크를 넘겨 받은 김두찬이 관중들을 바라봤다.

그러자 수많은 관중 사이에 있는 김두리의 모습이 들어왔다.

초월시각을 가진 그의 눈엔 여동생이 짓고 있는 표정 하나하나가 정확하게 보였다.

김두리는 김두찬이 태어나서 단 한 번도 보지 못했던 그런 얼굴을 하고 있었다.

눈과 코와 입, 그 모든 것에 처음 보는 감정이 담겨 있었다.

그 감정은 '애정'이었다.

김두찬의 입에 부드러운 미소가 맺혔다.

그가 천천히 입을 열었다.

"지금 제가 이 자리에 서 있는 게 못마땅한 사람이 분명히 있을 거라고 생각합니다. 처음부터 자의로 올라오려던 건 아니었습니다. 반강제적인 참가였죠. 어떻게 하다 보니 이런 결과가 나오게 되었지만."

김두찬의 말에 분개하던 차은유가 움찔했다.

아울러 민태우도 흠칫하며 김두찬을 바라봤다.

순간 관중들의 머릿속에 처음 김두찬이 카메라를 들고 무대에 섰을 때의 상황이 떠올랐다.

진행자는 민태우가 김두찬을 골탕 먹이기 위해 데리고 올라온 게 아니냐 물었다.

민태우도 딱히 심하게 부정하지는 않았다.

당시에는 친구 사이의 가벼운 장난으로 여겼다.

그러나 지금 와서 보니 도저히 친구로는 보이지 않았다.

그렇다면 민태우의 행동은 대단히 무례한 것이 된다.

둘 사이에 어떠한 일이 있었는지 관중들은 모른다.

하지만 김두찬이 민태우 때문에 강제로 이 대회에 참여하게 되었고, 민태우가 계획했던 것과 다른 상황이 벌어졌다는 건 짐작할 수 있었다.

"하지만 바다는 비에 젖지 않는다고 했습니다."

그 한마디로 김두찬은 스스로를 바다로 만들었고 민태우와 차은유를 한낱 비 가닥으로 만들었다.

"마지막으로 제 동생이 저기서 자기 오빠가 제대로 하나 안하나 지켜보고 있습니다."

김두찬이 손가락으로 김두리를 정확히 가리켰다.

그러자 관중들의 시선이 김두찬이 가리키는 곳을 보기 위해 어지럽게 움직였다.

"동생에게 한마디 하고 내려가겠습니다. 두리야. 이거 네 거다."

김두찬이 방긋 웃으며 상품권을 흔들었다.

그 광경을 지켜보던 어느 여인이 나직이 말을 흘렸다.

"개설레……."

Liking 24

김두리의 능력

상황이 이상하게 돌아가고 있었다.

'이게 뭐야, 진짜.'

차은유는 더 이상 이 자리에 있기가 싫었다.

당연히 노래자랑에서 1등을 할 것이라 믿었던 민태우는 2등을 했다.

그리고 망신을 당할 거라 생각했던 김두리의 오빠가 1등을 했다.

그것도 월등한 실력 차로 말이다.

민태우가 감히 명함도 내밀지 못할 만큼 어마어마한 실력자였다.

노래를 듣는 차은유도 그걸 알 수 있었다.

스포트라이트는 김두찬에게만 쏟아졌다.

본래는 민태우가 스포트라이트 아래 서서 1등 소감을 말해야 했다.

소감의 내용은 당연히 이 영광을 차은유에게 바친다는 것이어야 할 테고.

그런데 소감은커녕 완전히 존재 자체가 지워졌다.

게다가 김두찬은 소감을 말하던 와중 민태우와 차은유를 완전히 보내 버렸다.

'진짜 거지 같아.'

차은유는 김두리에게 인사도 없이 자리를 떠났다.

입을 열면 왈칵 눈물이 쏟아질 것 같았다.

재미있는 건 그런 차은유의 머리 위 호감도가 16이라는 사실이었다.

멀어지는 차은유를 보는 김두리의 가슴이 뻥 뚫렸다.

그녀의 머리 위 호감도가 84로 올랐다.

상품권 같은 거, 이제 어찌 되든 상관없었다.

이 순간 자신을 위해 노력해 준 오빠가 너무 고마웠다.

"고마워, 오빠."


[퀘스트: 여동생의 스트레스를 풀어주세요. 스트레스 0/100]

[퀘스트를 완료했습니다. 보너스 포인트 20이 지급됩니다.]

그때 김두찬의 눈앞에 퀘스트의 완료를 알리는 메시지가 나타났다.

보너스 포인트 20은 직접 포인트로 적립되었다.

그리고 오른쪽 손등의 하트 조각 하나가 붉은색으로 물들었다.

'이제 남은 건 한 조각.'

로나는 하트의 다섯 조각이 다 붉게 채워지면 좋은 특전을 받게 된다고 했다.

김두찬은 그 특전이 무엇일지 기대됐다.

"자, 오늘 참여해 주신 모든 분들께 진심으로 감사의 말씀 전하면서 이만 마치겠습니다. 안녕히 돌아가세요!"

진행자가 대회의 끝을 알렸다.

무대 위의 사람들이 전부 내려갔다.

민태우는 잔뜩 성이 나 당장 차은유에게 전화를 걸었다.

"야… 네 장단 맞춰주려다 이게 무슨 꼴이야. 닥쳐, 네가 울든 말든 씨발, 지금 인튜브에서 완전히 망가진 내 이미지 어떻게 할 거냐고! 꺼져, 앞으로 연락하지 마라."

민태우는 전화를 끊은 뒤에도 계속 혼자 욕을 내뱉으며 멀어졌다.

김두찬이 그런 민태우를 보며 고개를 절레절레 저었다.

"어리다."

그 생각밖에 들지 않았다.

"오빠!"

김두리가 무대 가까이 다가와 김두찬을 반겼다.

김두찬이 그런 김두리에게 상품권을 건넸다.

하지만 김두리는 그것을 받지 않았다.

"넣어둬. 오빠 써. 내 옷 사느라 돈 많이 썼잖아."

"갑자기 철들었네?"

"나 원래 철 좀 들었거든."

"아니야. 너는 이런 모습이 아니었어, 두리야."

"암튼……! 오늘 진짜 고마웠어."

"알면 됐다."

"헤헤."

김두리가 배시시 웃고서는 김두찬의 옆에서 나란히 걸었다.

그런 두 남매에게 사람들의 시선이 집중됐다.

아니, 정확히는 김두찬에게 집중되고 있었다.

김두리는 그런 사람들의 반응에 괜히 자기 어깨가 으쓱거렸다.

'진짜 이상하네, 오늘.'

정말로 드라마틱한 하루였다.

백화점에 왔다가 정미연을 만났고, 그녀가 스타일링해 준 옷을 입었다.

그리고 자신의 오빠는 노래자랑에 나가 1등을 했다.

덕분에 차은유의 콧대를 확 눌러줄 수 있었다.

이런 일이 정말 현실에서 일어날 수 있는 건지, 꿈은 아닌지 아리송할 정도였다.

하지만 가장 신기한 건 따로 있었다.

'어떻게 하루 만에 오빠가 이렇게 좋아질 수 있지?'

전에는 그냥 오빠였다.

가족이고 나보다 먼저 태어난 사람, 그 이상도 이하도 아니었다.

한데 지금은 끈끈한 유대감과 존경심, 믿음, 애틋함 같은 여러 가지 감정이 동시에 생겼다.

오늘 김두찬이 의외의 모습을 많이 보여준 덕도 있지만, 그의 매혹 랭크가 높았기에 가능한 일이었다.

그런데 좋은 건 좋은 거고, 둘 사이엔 아직 이렇다 할 추억거리가 쌓이지 않았다.

그것은 곧 친밀도가 낮다는 말과 다름없었다.

때문에 하나의 커다란 주제가 지나간 다음에는 서로 할 말이 궁해졌다.

버스 정류장까지 걸어가는 동안 계속 어색하게 있기는 싫었던 김두찬이 억지로 얼마 전 있었던 기억을 뒤적여 화젯거리를 만들어 냈다.

"근데 두리야. 너 저번에 무릎 엄청 까져서 들어오지 않았냐?"

"언제적인데 그게. 보름은 됐겠다."

"엄청 많이 까졌었잖아. 흉터 안 남았어?"

"나 몰라?"

김두리가 원피스를 살짝 들어 왼쪽 무릎을 쭉 내밀었다.

작은 흉터도 없이 깔끔했다.

"하긴. 너 원더우먼이지."

원더우먼.

김두리가 어렸을 적 동네 친구들이 그녀를 부르던 별명이었다.

김두리는 살성이 좋고 회복력이 빨랐다.

그래서 어디가 까지거나 베여도 금방 낫곤 했다.

조금 심하게 다쳤다 싶어도 일주일 동안 딱지를 달고 다니는 일이 없었다.

딱지가 떨어지고 난 다음엔 흉터 없이 깔끔하게 나았다.

어디가 부러져도 마찬가지였다.

남들은 한 달 깁스할 걸, 김두리는 보름 만에 끝냈다.

뼈가 상당히 잘 붙었다.

아무튼 회복력 하나는 알아주었던지라 친구들은 김두리를 원더우먼이라고 불렀다.

김두찬이 과거 얘기를 꺼내자 김두리가 헤죽 웃으며 물었다.

"근데 오빠. 그거 기억나? 우리 검단리 살 때, 동네에서 좀 놀던 오빠가 항상 우리 밭에서 같이 옥수수 구워 먹고 그랬잖아."

검단리.

경기도 남양주 시에 있는 시골 마을이다.

김두찬이 아직 유치원도 들어가지 않았던 시절 살았던 동네다.

그때는 그나마 동생이랑 조금 교류가 있었다.

"응. 그랬지."

"그때 같이 놀던 오빠가 나 배부르다는데 계속 옥수수 먹이려고 했었거든. 그랬더니 오빠가 놀던 오빠한테 화내면서 뭐라고 했었는데."

"그랬었어?"

"뭐라 그랬는지 기억 안 나지?"

"응? 음······."

김두리가 물음을 던졌을 때 김두찬의 눈앞에 선택지가 나타나며 갬블링이 활성화됐다.

[Gambling 활성화!

어렸을 적 추억을 떠올리며 내게 과거의 일을 묻는 여동생. 하지만 과거의 일이 확실히 기억나지 않는다. 난 뭐라고 할 것인가?]

1. 응. 기억이 잘······.

2. 에이, 기억나지.

'이런. 그렇게 어렸을 적 일은 기억이 나질 않는데, 하필 겜블링이 활성화되다니.'

김두찬은 겨우 가까워진 여동생과의 거리가 조금이라도 멀어지는 게 싫었다.

호감도가 내려가고 올라가는 1차원적인 문제가 아니다.

김두찬과 김두리 사이에는 친밀도가 필요했다.

때문에 호감도를 높은 상태로 유지하는 게 좋았다. 그래야 더 빨리 친해질 수가 있었다.

'에라, 모르겠다. 정답부터 말하고 보자.'

이런 경우 보통 기억이 나지 않는다고 하면 실망을 할 게 뻔하다.

김두찬은 2번을 택했다.

"에이, 기억나지."

"정말? 뭐라 그랬는데?"

김두리의 호감도가 4 올라갔다.


[Gambling 활성화!
당시의 난 무슨 말을 했을까?]


이번에는 주관식이었다.

맞는 답을 내놓으면 호감도가 올라갈 것이고, 틀린 답을 내놓으면 내려갈 것이다.

하지만 도통 그때의 일이 기억나지 않았다.

어찌해야 하나 난감해하던 김두찬의 머릿속에 번개처럼 스쳐 가는 능력치가 있었다.

'기억력!'

김두찬이 당장 기억력에 직접 포인트 200을 투자했다.

[기억력의 랭크가 D로 업그레이드됐습니다. 랭크 업 특전이 주어집니다. 10년 전까지의 기억들 중 잊혔던 부분의 60%가 떠오릅니다.]

'윽, 부족하다.'

10년 전이라고 하면 김두찬이 10살 때다.

지금 그에겐 다섯, 여섯 살 때의 기억이 필요했다.

김두찬이 직접 포인트 400을 다시 기억력에 투자했다.

[기억력의 랭크가 C로 업그레이드됐습니다. 랭크 업 특전이 주어집니다. 15년 전까지의 기억들 중 잊혔던 부분의 70%가 떠오릅니다.]

'됐다!'

15년 전까지의 기억이면 충분했다.

게다가 잊혔던 기억의 70%가 되살아났다.

김두찬이 과거의 기억을 헤집었다.

그러자 바로 답이 나왔다.

"내 동생 계속 먹여서 바지에 똥 싸면 형이 책임질 거냐고."

"푸하하! 맞아!"

답은 의외로 별게 아니었다.

하지만 김두리의 호감도는 겜블링 시스템에 의해 다시 3이 상승해 90이 되었다.

이를 본 김두찬이 머리를 긁적였다.

'어라? 이거 어쩌면.'

호감도 100을 찍을 수 있을지도 모른다.

김두리는 이후로도 과거에 있던 추억들에 대해 네 번이나 더 물었고, 김두찬은 막힘없이 대답했다.

그녀의 질문 하나마다 겜블링 시스템이 활성화됐고, 네 번 다 옳은 대답을 내놓아 호감도가 계속해서 올라갔다.


[Gambling 종료.]


그리고 겜블링이 종료되었을 때, 김두리의 머리 위에 뜬 호감도가 100을 찍었다.

'됐다!'

김두리의 정수리에서 환한 빛이 일어 김두찬에게 흡수되

었다.

김두찬은 얼른 상태창을 띄워 새로 얻은 능력이 무언지 확
인했다.


이름: 김두찬

성별: 남

키: 183㎝

몸무게: 70㎏

Passive

얼굴: 0/10,000(S─초월시각)

…

Active

치료: 0/100(F)

지력: 0/100(F)

직접 포인트: 620

간접 포인트: 0

핵: 1


'치료!'

새로 얻은 능력은 치료였다.

그리고 패시브가 아닌 액티브 능력이었다.

김두찬이 치료에 대해 자세히 살펴봤다.

[치료: F랭크. 액티브 능력. 하루에 한 번, 찰과상과 타박상 이하의 전신 상처를 말끔히 치료한다. 자신에게만 사용 가능하다. 랭크가 오를수록 사용할 수 있는 횟수와 치료 가능한 수준이 높아진다.]

'이거 봐라?'

크게 기대하지 않았는데 어마어마한 능력이었다.

하루에 한 번이라는 제한이 따르지만 찰과상과 타박상 이하의 상처를 어떤 의료 기구나 약품의 도움 없이 바로 치료할수 있다는 건 대단한 일이다.

게다가 랭크가 오름에 따라 사용 횟수가 늘어나고 치료 가능한 수준이 높아진다니 S랭크까지 올리면 과연 어느 수준까지 가능할는지가 기대됐다.

김두찬은 기분이 찢어지게 좋아져 김두리의 머리를 마구쓰다듬었다.

"아이구, 예뻐!"

"꺅! 왜 이래! 이렇게 갑작스러운 스킨십은 아직 당황스러워."

"예뻐서 그랬어."

"우리 오늘 급격히 좋아지긴 했지만 그래도 천천히 다가가는 게 어때?"

말을 하며 김두리가 악수하듯 손을 내밀고서 씩 웃었다.

그 모습이 익살스러워서 김두찬이 저도 모르게 폭소를 터뜨렸다.

"푸하하하!"

이를 본 김두리도 같이 웃음이 터졌다.

"키키킥!"

두 남매는 버스 정류장까지 걸어가며 한참을 그렇게 웃어댔다.


\*          \*          \*


김두찬의 집에는 전에 없이 떠들썩했다.

20년 만에 심현미의 오랜 친구 하춘자가 아들과 함께 찾아왔기 때문이다.

"그동안 어떻게 지냈어?"

"먹고 사느라 바빴지! 그런데 넌 여전히 예쁘다, 계집애야."

하춘자가 익살스러운 미소를 머금고 심현미를 툭 쳤다.

"너도 변함없어. 옆에는 아들?"

"조성현입니다. 엄마한테 말씀 많이 들었어요."

심현미와 하춘자는 20년 전, 서로 먹고 살기 바빠 연락이 끊긴 이후로 도통 만날 수가 없었는데 하춘자가 물어물어 심현미의 연락처를 알아낸 것이다.

며칠 전 통화를 하고서는 조만간 찾아가겠다 했던 말이 그냥 하는 말인 줄로만 알았다.

그런데 하춘자는 정말로 심현미를 찾아왔다.

그것도 말끔하니 잘생긴 아들까지 데리고.

"얘. 너는 정말 아들 잘났다?"

"그렇지? 내 새끼 내 입으로 자랑하는 건 좀 그렇지만 요새는 얘 보는 낙에 살잖아. 우리 성현이 빛 좋은 개살구 아니야. 속도 진국이야. 오늘도 내가 너 만나러 간다니까 굳이 자기가 태워다 주겠다 그러지 않겠어? 내일 지도 일찍 출근해야 하면서 엄마 생각을 이렇게 많이 한다니까?"

하춘자는 대놓고 자식 자랑을 늘어놨다.

그녀는 조금 과하게 자기 잘난 맛에 사는 타입이었다.

심현미야 이미 그것을 잘 알기에 그러려니 하지만 다른 사람들이 보기에는 영 눈꼴 시러웠다.

때문에 김승진은 심현미 옆에서 팔짱을 끼고 입을 꾹 다문 채 아무 말이 없었다.

'누구는 아들 없나?'

속으로 그런 생각만 하고 있었다.

"근데 성현이는 어느 회사 다녀?"

묻기는 아들에게 물었는데 대답은 하춘자가 했다.

"응~ 얘 쇼핑몰 피팅 모델하고 있어."

"어머나, 피팅 모델? 근데 이마는 왜 그래?"

조성현은 이마에 밴드를 붙이고 있었다.

"아, 이거요? 얼마 전에 일 나가다가 접촉 사고 당하는 바람에. 친구 녀석 카풀했는데, 그놈이 사고를 냈거든요."

"다른 데 다친 덴 없고?"

"네."

"그만하길 다행이다. 그나저나 잘생긴 얼굴 흉 지면 어떡해?"

"의사 선생님이 흉 지지 않을 거래요."

"아무튼 피팅 모델이라니, 그거 아무나 하는 거 아니잖아? 대단하다."

심현미가 놀라니 하춘자의 어깨가 으쓱해졌다.

"지금은 불규칙적으로 나가는데 곧 정식 계약할 것 같아. 워낙 내 아들이 잘빠졌어야지."

"정말 그렇다."

"아유, 부끄러워요, 엄마. 요즘엔 대부분 저만큼 생겼어요."

조성현이 괜히 뺨을 붉적이며 손사래 쳤다.

"봤지? 우리 아들이 겸손하기까지 해."

"너무 부럽다, 얘."

심현미는 계속 아들 자랑 삼매경인 하춘자에게 장단을 맞춰줬다.

그럴수록 김승진의 속은 영 불편했다.

두 절친은 열심히 이야기꽃을 피웠다.

내용의 대부분은 하춘자의 아들 자랑이었다.

그 모습을 지켜보던 조성현은 하품이 나오려는 걸 겨우 참았다.

사실 오늘도 집에서 그냥 쉬겠다고 했는데 하춘자가 억지로 끌고 나와 따라온 것이다.

절대 자발적으로 나온 게 아니었다.

'그나저나 내일 나오라고 연락이 와야 하는데? 정미연 이 마녀 같은 게 나 팽 시키려는 거 아냐?'

혹시 자기 대신 알바를 뛴 모델이 훨씬 잘나서 갈아 치우기로 한 건가?

갑자기 불안한 생각이 들었다.

어차피 그는 정식 계약을 한 모델이 아니어서 잘려도 딱히 할 말이 없었다.

무엇보다 사고가 났든 어쨌든 약속 시간에 못 나간 본인의 잘못이 컸다.

조성현이 뷰티미닷컴에 접속해 신상 품목들을 살폈다.

그리고 저도 모르게 헛웃음이 터지려는 걸 겨우 참았다.

'누구야, 얘는?'

자기가 있어야 할 곳에 대신 서 있는 모델은 그야말로 황금비율에 조각 같은 얼굴을 가진 초절정 미남이었다.

조성현은 놀란 마음을 진정시키고 냉정하게 생각했다.

'포샵질 엄청 했네. 아무리 이미지로 먹고 사는 직업이라고 하지만 이건 너무 심한 거 아니야?'

괜히 배알이 꼴린 조성현은 사진 속 모델을 깎아내렸다.

그러는 동안에도 심현미와 하춘자의 대화는 계속해서 이어졌다.

"그런데 네 새끼들은 어디 있어?"

얼마 전 전화 통화를 나눌 때 자식 얘기도 나눈 터라 하춘자는 김두찬과 김두리의 존재를 알고 있었다.

그녀가 질문을 건넸을 때, 시끌벅적한 소리와 함께 현관문이 열렸다.

"다녀왔습니다."

"엄마, 나 왔어!"

"아이고 호랑이도 제 말 하면 온다고 잘난 네 자식들도 구경 좀……!"

하춘자가 휙 몸을 돌리다가 그대로 굳었다.

"…하자?"

그녀의 뒷말이 약간의 틈을 두고 나왔다.

스마트폰으로 새 모델을 보고 있다가 무심코 고개를 든 조성현이 두 눈을 부릅떴다.

그의 시선이 스마트폰과 김두찬을 바쁘게 오갔다.

조성현은 저도 모르게 현실에서도 포샵이 가능한가에 대한 말도 안 되는 물음을 던지고 있었다.

"어? 손님 오셨네!"

오늘따라 업되어 있는 김두리가 해맑게 말했다.

"인사해. 엄마 옛날 친구야. 여기는 아들 성현이."

"안녕하세요."

김두찬이 정중히 고개를 숙인 뒤 살짝 미소 지었다.

"꿀꺽!"

조금 전까지 신나게 떠들어대던 하춘자의 입이 벙어리처럼 닫혔다.

그 광경을 지켜보던 김승진의 입꼬리가 귀에 닿을 듯 말려 올라갔다.

"아, 아들, 딸?"

"응. 두찬아. 두리야. 하춘자 아주머니야. 너희들 태어나기 전에 헤어졌다가 20년 만에 다시 만났단다."

"아, 그랬군요."

김두찬이 뭐라고 말을 하려는데 갑자기 김두리가 끼어들어 자기 옷을 자랑했다.

"엄마, 이거 봐! 오빠가 백화점에서 사줬어!"

"두찬이가? 무슨 돈이 있어서?"

심현미의 물음에 김두찬이 대충 얼버무렸다.

"그냥 단기 알바 해서 번 돈 있었어요."

"기특하네, 우리 장남."

"기특한 정도가 아닐걸? 이거 전부 다 해서 30만 원이나 하는 건데?"

"30만 원? 아니 무슨 돈을 그렇게 썼어?"

"손님 계시니까 그 얘기는 나중에……."

"사, 삼십만 원?"

김두찬이 화제를 돌리려는데 하춘자가 놀라 소리쳤다.

"아니… 아들내미가 돈을 잘 버나보네? 몇 살?"

"스무 살이에요, 아주머니."

김두찬이 공손하게 대답했다.

'성현이는 아직 그만한 돈을 한 번에 벌어본 적도, 써본 적도 없는데!'

자기 아들은 21살이었다.

그동안 피팅 모델 알바 일 말고 다른 일은 해본 적이 없었다.

하루 일 하고 가장 많은 돈을 쥐어왔던 게 15만 원이었다.

그런데 저 집 아들은 자기 동생 옷을 사주는 데에만 한 번에 30만 원을 써버린다.

하춘자의 아랫배가 살살 아파왔다.

"아주… 아들을 잘 키웠네."

"내가 뭘 키워. 지가 알아서 컸지."

"오빠 옷 진짜 고마워, 잘 입을게. 아, 그리고 엄마. 오늘 있잖아. 오빠가 인 백화점 노래자랑 나가서 1등 했어!"

"응? 정말?"

김두찬이 대답 대신 백화점 상품권을 건넸다.

"어머나, 이게 뭐야? 30만 원짜리 상품권이잖아?"

'또 사, 삼십만 원?! 아니 무슨 전생에 30만 원 못 쓰고 죽은 귀신이 붙었나.'

하춘자가 속으로 기함을 했다. 그녀의 부러운 시선이 상품권에 꽂혔다.

"네. 1등 상품이에요. 엄마랑 아빠 옷 한 벌씩 하세요."

"아유, 됐어. 두리나 줘."

"두리가 괜찮대요. 그리고 내가 옷 사줬잖아요."

"응. 난 이걸로 대만족! 히히."

김두리가 활짝 웃었고, 이를 본 김두찬이 미소 지었다.

그 광경을 지켜보던 하춘자의 눈동자가 파르르 떨렸다.

"아들내미가… 노래도 잘 부르나 보네?"

"네. 우리 오빠 노래 정말 잘해요."

"혀, 현미가 자식들은 잘 뒀네. 호호."

"에이, 무슨. 요즘 애들 다 얘들 같지."

"흐, 흠! 아유, 벌써 시간이 이렇게 됐네? 성현아! 그만 가자."

"……"

조성현은 제 엄마가 부르는 것도 못 듣고서 김두찬만 멍하니 쳐다보고 있었다.

"아니, 근데 얘가 왜 이렇게 얼이 빠져 있어? 가자니까?"

"어? 아, 응. 아니, 네. 가요, 엄마."

조성현이 일어나자 하춘자가 바쁘게 거실을 나섰다.

"벌써 가려고?"

"들어가서 내일 아침 준비해 놔야 돼. 다음에 또 봐, 응?"

"그래, 그럼."

심현미가 아쉬운 듯 두 사람을 배웅했고, 김두찬과 김두리도 인사를 건넸다.

"조심히 들어가세요, 아주머니."

"안녕히 가세요!"

조성현이 그런 김두찬에게 무언가 말을 건네려다가.

"저기……."

"네?"

"…아닙니다."

그냥 뒤를 돌아 집을 나갔다.

하춘자와 조성현이 도망치듯 떠나 버린 뒤, 심현미가 김두리를 꾸짖었다.

"두리야. 너는 엄마 친구 앞에서 버릇이 그게 뭐야?"

"내가 뭘."

그러고 나서 김두리는 김두찬에게만 귓속말을 했다.

"그 아줌마 딱 보니까 사람 속 긁는 스타일이야."

"어떻게 알아?"

"집에 들어오자마자 아빠 얼굴부터 봤는데, 막 뭔가 터지려는 걸 엄청 참고 있다가 우리 보고 나니까 웃었어."

결국 일부러 김두찬을 띄워주며 심현미와 김승진의 콧대를 높여준 것이었다.

심현미가 귓속말을 주고받는 남매를 번갈아 보다가 고개를 갸웃거렸다.

"그런데 너희들 오늘 낯설다? 언제부터 그렇게 살가웠어, 서로?"

"오늘부터!"

김두리가 검지와 중지로 브이(V) 자를 만들어 내밀었다.

"어이구, 옷의 힘이 대단하네?"

"엄마도 나 옷 한 벌 사주면 더 친하게 지내줄게."

"그런 끔찍한 소리 하지 마라. 거리 좀 두고 살자."

"이러기야?"

"식당 리모델링은 끝났어요?"

김두찬이 거실 바닥에 앉으며 물었다. 대답은 김승진이 해주었다.

"거의. 이제 내일 오는 간판만 새로 달면 된다. 아이구, 그나저나 요새는 늘 네 엄마가 해주는 부대찌개만 먹다 보니 속이 막 느글거려 죽겠다."

"언제는 맛있다고 먹더니."

"아, 맛이야 있지. 근데 며칠 동안 같은 음식만 먹어봐. 안

질리나. 아이구, 또 배가 꾸륵거리네."

김승진이 배를 움켜쥐고 화장실로 들어갔다.

"어쩨 급하게 먹더라니."

심현미가 혀를 찼다.

그때 화장실에서 김승진이 버럭 소리쳤다.

"급하게 먹는 거 싫으면 맛없게 만들든가!"

"그게 말이에요, 방귀예요!"

심현미가 마주 고함을 질렀다.

이를 본 김두리와 김두찬이 키득거렸다.

그날 밤.

김두찬의 집 안엔 가족들의 웃음소리와 따뜻한 온기가 가득했다.


*     *     *


김두찬이 깊은 잠에 빠져 있는 밤.

인 백화점 홈페이지엔 그가 노래를 부르던 동영상이 업로드됐다.

그러자 조회수가 급속도로 올라가며 사람들의 댓글이 미친 듯 달렸다.

다들 저 사람이 누구냐며 김두찬의 존재를 궁금해했다.

대부분은 어느 소속사 연습생일 것이라는 의견들이었다.

인 백화점 홈페이지뿐만이 아니었다.

인튜브에도 김두찬의 노래 관련 영상이 속속 올라왔다.

공연을 보다 촬영을 한 사람들이 업로드시킨 것이다.

그 영상들은 각종 커뮤니티 사이트에도 급속도로 퍼져 나갔다. 하나같이 대체 이 영상의 주인공이 누구인지에 대한 궁금증으로 도배가 되었다.

영상을 본 많은 이의 호감도가 올라갔다.

그것은 호감도 총합 5,000을 쉽게 넘어섰다.

한편, 이 영상은 각종 아이돌 기획사 캐스팅 매니저들의 눈에도 들어왔다.

그들은 아이돌을 발굴하기 위해 24시간 눈과 귀를 항상 열고 사는 이들이다.

작은 이슈 하나만 터져도 예민하게 반응하는 그들이 이런 귀한 영상을 놓칠 리 없었다.

그들은 영상 속 남자가 누구인지를 찾기 위해 주변의 모든 정보통을 급히 돌렸다.

이런 사실을 모르는 김두찬은 그저 달콤한 꿈에 푹 녹아들어 있었다.

＊　　　　＊　　　　＊

"흐아암!"

아침 일곱 시.

알람을 듣지도 않고 잠에서 깬 김두찬이 몸을 이리저리 뒤
틀었다.

'개운해.'

몸매 S랭크의 특전으로 육체 교정을 한 이후부터는 몸이
항상 개운했다.

조금만 자도 피로가 싹 사라졌고, 머리가 맑았다.

김두찬은 이불을 정리하고 샤워부터 했다.

아직 이른 시간인데 부모님은 벌써 집을 나간 이후였다.

"두리야~ 일어나."

김두찬이 김두리의 방문을 두들겼다.

오늘 그는 첫 강의가 11시부터 있지만 김두리는 지금 깨워
서 밥 먹여 학교에 보내야 한다.

평소 같았다면 오빠가 깨우거나 말거나 무시했을 김두리였다.

그런데 오늘은 달랐다.

"우웅……."

김두찬의 말 한 번에 눈을 비비며 방에서 나왔다.

"잘 잤어?"

"으응."

김두리가 잠이 덜 깬 얼굴로 배시시 웃고서는 화장실로 들
어갔다.

상 위에는 심현미가 미리 차려놓고 간 반찬과 국이 놓여 있

었다.

김두찬은 국만 냄비에 다시 담아 데우고 밥 두 공기를 퍼 식탁에 놓았다.

씻고 나온 김두리가 식탁에 앉아 바로 수저를 들었다.

"잘 먹겠습니다!"

하고서는 우악스럽게 밥을 먹는 김두리의 모습이 김두찬은 마냥 좋았다.

두 사람이 식사를 끝낸 후, 김두리는 먼저 집을 나섰다.

김두찬은 자기 방으로 들어와 컴퓨터를 켜 웹 서핑을 했다.

여기저기 돌아다니며 시간을 때우다 자주 가는 커뮤니티 사이트에 접속했다.

그런데 오늘의 인기 동영상에 시선을 사로잡는 제목 하나가 보였다.

"인 백화점 비현실 오빠?"

김두찬이 설마 하며 게시물을 클릭했다.

동영상이 자동 재생되는 순간, 그는 그대로 굳어버렸다.

모니터 안에서는 인 백화점 야외무대에서 노래를 하는 자신의 모습이 담겨 있었다.

그리고 게시물 아래에는 이런 사족이 달려 있었다.


―모델 같은 비주얼에 가수 뺨치는 가창력에 패션 센스 보소… 게다가 노래 대회에서 받은 상품권을 여동생에게 바친

다는… 현실에서 절대 있을 수 없는 친오빠.

"헐."

스마트폰으로 멀리서 클로즈업을 해 찍었는지 화질은 좀 나빴다. 하지만 김두찬의 지인들이라면 대번에 알아볼 수 있을 정도는 됐다.

이미 게시물의 조회 수가 12만이 넘어가고 있었다.

여기서 이 정도면 다른 사이트에서도 난리가 났을 게 뻔했다.

커뮤니티 사이트의 경우 이런 이슈거리는 대동소이하게 올라온다.

김두찬이 얼른 상태창을 살폈다.

역시나 간접 포인트가 밤사이 500을 가득 채우고 있었다.

"진짜 인터넷이 무섭긴 무섭구나."

확실히 이런 쪽으로 이슈가 되는 게 포인트를 모으기에는 제일 좋았다.

어제만 해도 노래자랑에서 노래 한 번 부르고 직접 호감도 1,000을 찍었다.

문득 노래자랑 진행자가 했던 말이 떠올랐다.

'아니, 이 비주얼 그 노래 실력으로 연습생이 아니라고요? 당장 연예계 데뷔해도 손색없을 것 같은데.'

"흠… 연예계라."

하지만 김두찬은 이내 고개를 휘휘 저었다.

그는 그쪽 방면으로 나갈 생각이 전혀 없었다.

포인트를 빨리 얻는 건 확실히 좋지만, 연예계에 발을 담그는 건 내키지 않았다.

김두찬은 작가가 되고 싶었다.

"하지만 직접 포인트를 빨리 얻는 건 좋은데. 가끔씩 저런 노래자랑 대회나 나가볼까?"

무대에서 잠깐 노래 부르고 직접 호감도 1,000을 챙긴다면 남는 장사였다.

게다가 혹시나 또 1등을 해서 상금을 챙기면 그건 그것 나름대로 괜찮은 보너스였다.

김두찬이 그런 생각을 하고 있을 때였다.

느닷없이 정미연에게 전화가 왔다.

"여보세요?"

─그렇게 인기 얻고 싶어 하더니 이번에 제대로 터졌네요. 영상 봤어요. 노래에 재능 있는 줄은 또 몰랐네.

"미연 씨도 봤어요?"

─가족 중에 그쪽 일 하는 사람이 있어서… 아니, 아무튼 스타 됐네요.

정미연은 무심코 무슨 얘기를 하려다가 말을 돌렸다.

"스타는요. 그냥 반짝하고 마는 거죠."

─내기할래요? 이제 몇몇 기획사에서 두찬 씨 찾아갈 거예요.

"저를요? 제가 사는 곳을 어떻게 알고요?"

─그런 정보 얻어내는 거, 일도 아니에요. 그리고 축하할 게 하나 더 있네요.

"뭔데요?"

─이번에 두찬 씨 덕분에 제가 운영하는 쇼핑몰 뒤집어졌어요. 옷에 대한 문의보다 모델이 누구냐는 문의 글이 더 올라와요. 그에 따라 매상도 폭주했구요.

"아… 그건 오히려 제가 축하드릴 일이네요."

─아뇨. 그래서 회사 측에서 두찬 씨를 전속 모델로 기용하고 싶다는 안건이 나왔으니 제가 축하드려야죠.

"전속… 모델이라고요?"

─짧게 얘기할게요. 1년 전속. 연봉 1억. 계약금으로 2,000 선지급해 드리고 나머지는 다달이 나눠 드릴게요. 어때요?

1억이라는 액수에 김두찬의 눈이 휘둥그레졌다.

지금껏 살아오면서 자신이 만질 수 있을 거라고 상상도 못했던 금액이었다.

'이거 정말이야?'

갑자기 정미연이 억 소리를 하니 말문이 턱 막혔다.

너무 아무렇지 않게 밥 먹었냐는 듯 물어봐서 더더욱 현실감이 없었다.

김두찬이 아무 대답도 하지 않자 정미연의 말이 다시 이어 졌다.

—적어요? 경험이 전혀 없는 초짜 모델치고 이 정도면 상당 히 쳐준 거예요. 물론 두찬 씨가 걸친 옷들이 하나같이 날개 돋힌 듯 팔리는 바람에 스스로의 몸값이 높아진 것도 있지만, 그래도 다른 쇼핑몰에서는 이 정도까지 부르지 않을 거예요.

적다니.

2,000을 선지급 받고 남은 8,000을 12달로 나눠 받아도 달 에 650이 넘게 떨어진다.

'대체 내가 입었던 옷이 얼마나 많이 팔린 거야?'

김두찬은 상상도 못 할 정도로 팔려 나갔다.

사진을 찍고 보정을 거쳐 다음 날, 그러니까 어제 쇼핑몰에 게시하자마자 모든 품목이 하루 예상 매출의 적게는 두 배, 많게는 세 배를 달성했다.

정미연의 스타일을 보는 안목도 한몫했지만, 그것을 김두찬 이 걸치니 호랑이에게 날개를 달아준 격이었다.

정미연의 회사에서는 김두찬이 황금 알을 낳는 거위나 다 름없었다.

주문 수가 확 뛰는 걸 보고서도 놓친다면 그건 바보짓이다.

—생각 있으시면 지금 회사로 오세요. 생각 없으시면 없던 일로 하구요. 근데 되도록 같이 일했으면 해요.

정미연이 처음으로 김두찬에게 아쉬운 소리를 했다.

"미연 씨. 지금 갈게요."

김두찬이 자리를 박차고 일어났다.

$$* \qquad * \qquad *$$

넓은 사무실에서 김두찬은 정미연과 마주 앉아 있었다.

김두찬의 앞엔 계약서 2부가 놓여 있었다.

김두찬이 그중 하나를 들고서 빠르게 읽어 내려갔다.

하지만 중간 정도 읽었는데 70퍼센트는 이해가 불가능했다.

한 번도 이런 계약을 해본 적이 없으니 당연했다.

"두찬 씨한테 안 좋은 내용은 없어요. 신경 써야 할 부분은 아무런 이유도 없이 촬영에 응하지 않았을 때 벌어지는 문제예요."

"그럼 어떻게 되는데요?"

"우리 일정에 차질이 일어나 시간적 손해에서 금전적인 실질적 손해로 이어질 테니 그에 대한 배상을 해야겠죠. 배상에 대한 내용은 알기 쉽게 적혀 있으니 참고하세요. 그것 말고 특별할 건 없어요. 두찬 씨와 우리 회사는 서로 협의를 거쳐 일주일에 2회에서 3회, 촬영을 하면 돼요."

"그렇군요."

"가장 중요한 걸 말 안 했네요."

"뭔데요?"

"지금 그 몸매, 유지하세요. 몸 무너지는 것도 계약 위반이에요."

그럴 일은 절대 없었다.

김두찬이 미소 지으며 대답했다.

"명심할게요."

"도장 가져왔어요?"

"네? 아… 깜빡했어요."

"지장 찍죠."

김두찬이 인주에 엄지를 문지른 뒤, 정미연이 시키는 대로 계약서에 열심히 지장을 찍었다.

'은근히 많이 찍네.'

그냥 한 번만 찍으면 끝나는 건 줄 알았는데, 그게 아니었다.

계약서 2부를 모아서 그 사이에 찍고, 각 장마다 반을 접어 찍고, 마지막 장에 개인 정보를 적고 나서 찍었다.

"고생했어요. 뷰티미닷컴과 함께 일하게 된 걸 축하드려요."

정미연이 손을 내밀었다.

김두찬의 그녀의 손을 마주 잡았다.

정미연의 호감도가 68로 올라갔다.

*         *         *

김두찬은 당장 내일 오후에 첫 촬영을 하기로 했다.

계약을 마친 뒤 회사 건물을 나오자마자 문자가 하나 왔다.

확인해 보니 통장으로 2,000만 원이 입금되었다는 내용이었다.

"……."

김두찬은 그대로 굳어버렸다.

조금 전까지만 해도 달랑 몇만 원 들어 있는 게 전부였던 통장이었다.

그런데 지금은 2,000만 원이 들어 있다.

너무 기분이 짜릿해서 몸이 허공에 붕 뜬 것 같았다.

맘 같아서는 당장 부모님께 전화해서 자랑하고 싶었지만 꾹 참았다.

이런 건 얼굴을 보고 얘기하는 게 더 좋을 테니까.

그날, 김두찬은 학교에 가고 나서 처음으로 모든 강의에 집중을 하지 못했다.

마냥 설레는 가슴만 품고 있다가 정신을 차리니 어느덧 모든 강의가 끝나 있었다.

학교를 빠져나오는 김두찬의 걸음이 빨라졌다.

\*　　　　\*　　　　\*

김두찬을 태운 버스가 도농역에 정차했다.

버스에서 내린 김두찬이 보도블록을 걷다가 동네 골목으로 들어섰다.

김두찬이 사는 집은 여기서부터 5분 정도 더 깊이 들어가
야 나온다.

김두찬이 설렁설렁 골목길을 걸어가던 그때였다.

지이이이잉—

누군가에게서 메시지가 왔다.

정미연이었다.

"…어?"

내용을 확인한 김두찬이 고개를 갸웃거렸다.

—근데 두찬 씨는 우리 회사랑 왜 계약했어요?

왜 이제 와서 이런 걸 물어보지?

이미 계약이 끝난 시점에 뜬금없는 질문이었다.

김두찬이 정미연의 의도가 무엇인지 몰라 선뜻 답장을 보내
지 못했다.

그러자 정미연에게서 다시 메시지가 도착했다.

—직설적으로 물어볼게요. 혹, 연예계 쪽으로 나가고 싶은 건가요?

연예계?

노래자랑 진행자도 그러더니 정미연도 같은 걸 물었다.

하지만 김두찬은 그럴 마음이 전혀 없었다.

—아니오.

그에 당장 정미연에게 전화가 왔다.

역시나 성격 급하고 화끈한 건 알아주어야 한다.

"여보세……."

─정말이에요?

"네?"

─솔직해지는 게 좋아요. 두찬 씨 정도면 충분히 가능성 있으니까. 그쪽으로 나가겠다고 한다면 내가 도와줄 수 있어요.

정미연은 호의로 물어본 것이었다.

연예계로 나가는 것까지 도와줄 수 있다니.

대체 그녀의 사이즈는 얼마나 큰 것이며, 어디까지 영향력이 미치는 것인지 가늠할 수가 없었다.

정미연은 알아가면 갈수록 점점 더 거대한 사람이 되어가고 있었다.

"정말로 그쪽 생각은 없어요. 그냥 연봉이 좋아서 계약한 거예요."

─두찬 씨 객관적으로 냉정하게 평가해도 마스크 일품이고 몸은 명품이에요. 거기다 노래 실력? 방송 뛰는 가수만큼 하고요. 그 재주를 왜 썩혀요?

"생각해 주시는 건 고맙지만 저는 사실 작가가 하고 싶어요."

─작가… 라고요?

"네."

─그 비주얼에 그 비율로? 아무리 생각해도 재능 낭비… 같지만.

정미연이 잠시 뜸을 들이다 다시 말을 이었다.

—이제야 확실히 알 것 같네요. 두찬 씨가 어떤 사람인지. 괜히 그런 척 연기하는 가짜인 줄 알았는데. 맘에 들어요, 작가. 잘해봐요. 응원할게요.

정미연은 자신이 할 말만 하고 전화를 끊었다.

김두찬은 뭔가 작은 태풍이 지나간 것처럼 얼떨떨했다.


                    *            *            *


집으로 돌아와 샤워를 마친 김두찬이 거실 소파에 앉으며 누적 포인트를 확인했다.

'직접 포인트가 809. 간접 포인트가 500.'

오늘은 직접 포인트를 많이 얻지 못했다.

정미연에게서 얻은 호감도 8, 그리고 과 동기들, 학교를 통학하며 지나친 사람들에게서 얻은 호감도가 181이었다.

하루 동안 총 189의 직접 포인트를 얻은 것이다.

'그래도 대단한 거야. 아무것도 하지 않았는데 호감도가 올라가다니.'

물론 학교에서는 김두찬이 노래 부르는 영상을 본 장재덕이 다른 동기에게 소문을 전하는 바람에 제법 많은 포인트를 얻긴 했다.

하지만 김두찬 본인이 나서서 뭘 한 건 아무것도 없었다.

'나가서 뭐라도 좀 해야 하나? 아예 미리 잠실 가서 밤을 새?'

시간을 보니 오후 8시가 다 되어가고 있었다.

김두리는 아까부터 조용한 걸 보니 일찍 잠이 든 모양이었다.

"오늘은 나도 쉬자."

김두찬은 자기 방으로 들어가 온라인 게임 영웅부활전에 접속했다.

부모님이 돌아오시기 전까지 잠깐 돌릴 생각이었다. 그러자 여러 사람들이 김두찬에게 말을 걸어왔다.

그런데 유독 눈에 들어오는 닉네임이 있었다.


**이보넬: 두찬 님! 안녕하세요오~**


이보넬.

채소다의 닉네임이었다.

채소다는 평소 게임 내에서도 말이 거의 없기로 유명하다. 오프 때의 모습과는 정반대였다. 해서 김두찬도 먼저 인사를 받은 건 이번이 처음이었다.


**트리키: 네, 소다 씨. 잘 지냈어요?**

**이보넬: 이상해요오~**

**트리키: 네? 뭐가요?**

이보넬: 나아아아~ 그제도 어제도 오늘도 계속 술 마시면서 그때 그 숙
취 해소 음료 먹는데 술이 안 깨요오오오오~


어째 먼저 인사를 걸더라니 취중 게임 중이었다.

그나저나 그 숙취 해소 약 별 소용 없을 텐데. 내가 숙취 해소시켜 준 건데.

괜히 채소다에게 미안해지는 김두찬이었다.


\*　　　　\*　　　　\*


10시가 조금 넘은 시간.

부모님이 귀가했다.

그런데 김승진은 누군가와 통화를 하며 거실로 들어섰다.

"뭐? 대기업? 초봉이 얼마? 어, 연봉으로… 3,800만 원?! 신입 사원이? 경식이 놈 그거, 삼 년 속 썩이더니 한 방에 갚았네. 응? 두찬이는 이제 스무 살이야. 내 아들 나이도 까먹었냐? 네 아들 나이? 그걸 내가 알아서 뭐해! 하하하! 적반하장은 무슨. 자랑 다 했으면 끊어! 경식이한테 축하한다고 전해주고."

김승진이 전화를 끊으며 투덜댔다.

"아니, 요새 무슨 날인가? 어제는 당신 친구가 와서 자식 자랑 하더니, 오늘은 내 친구가 난리네."

"우리 때 되면 친구들한테 자식 자랑 하는 거 말고 낙이 더

있나요?"

"그래도 그렇지."

그때 김두찬이 방에서 나왔다.

"오셨어요?"

"두찬이, 안 잤니?"

"네. 두 분 오시는 거 기다리느라 목 빠지는 줄 알았어요."

"뭐 하러 기다려. 일찌감치 푹 자지."

"드릴 말씀이 있어서요."

김두찬이 진지하게 말을 꺼내자 김승진이 심현미와 함께 소파에 앉았다.

김두찬은 바닥에 엉덩이를 깔았다.

"그래. 어디 해보거라. 무슨 얘기냐?"

김두찬은 두 분에게 정미연과 처음 만남부터 지금까지 있었던 일들에 대해서 간략하게 설명했다.

그리고 오늘 정미연이 운영하는 온라인 쇼핑몰에 정식으로 1년 전속 모델 계약을 마쳤다는 사실까지 내놓았다.

얘기를 듣고 난 두 사람은 적잖이 놀랐다.

"네가 그럼… 피팅 모델인가 뭔가를 한단 말이냐?"

"네. 그 사이트 들어가시면 알바로 한 번 뛰었을 때 찍은 사진들 업로드되어 있어요."

"우리 장남 정말 장하네~"

심현미가 김두찬의 머리를 쓰다듬었다.

"그래. 계약 조건은 어떻게 되냐?"

"이이는. 초짜 모델이 얼마나 받겠어요? 계약했다는 것 자체에 의의를 두……."

"연봉 1억이요."

"…면 안 되겠죠?"

심현미가 하려던 말을 급선회했다.

김승진은 눈알이 튀어나올 듯 눈을 부릅떴다.

"지, 지금 뭐라 그랬니? 1억? 1어억?!"

"네. 계약금으로 2,000만 원 선지급 받았고요."

"허허. 허허허허허. 허허허허허허허!"

김승진이 제대로 된 언어를 내뱉지 못하고서 헛웃음만 터뜨렸다.

"어머나. 이게 꿈이야 생시야? 응?"

심현미는 올라가는 입꼬리를 막지 못한 채 얼굴이 잔뜩 상기되어서는 어쩔 줄 몰라 했다.

"우리 아들이 대박을 치는구나! 대박을 쳐! 으하하하하하!"

"내가 아들 하나는 정말 잘 뒀지~"

김승진과 심현미가 김두찬을 얼싸안았다.

그러다 김승진이 무슨 생각이 났는지 스마트폰을 꺼내 어디론가 전화를 걸었다.

"여보세요! 그래, 택환아! 네 아들 경식이 연봉이 얼마라고? 우리 아들 연봉은 1억이야, 자식아! 으하하하하하!"

김두찬은 환희에 젖은 부모님의 품에 안겨 깊은 행복감을 만끽했다.

＊　　　　＊　　　　＊

다음 날.

김두찬은 9시 40분이 조금 넘어 한강 공원에 도착했다.

약속 시간은 10시까지였는데 혹여나 늦을까 서둘러 움직인 것이다.

김두찬은 정미연이 어디 있는지 주변을 살피다가 촬영 장비를 분주히 세팅하는 일단의 무리를 보고서 후다닥 다가갔다.

세 명의 남자와 세 명의 여자가 열심히 카메라와 반사판을 만지고, 봉고차 짐칸에서 여러 가지 옷을 꺼내 체크하는 중이었다.

남자들의 얼굴은 생소한데 여성 스태프 세 명은 저번에 실내 촬영장에서 봤던 이들이었다.

아직 정미연의 모습은 보이지 않았다.

"안녕하세요~"

김두찬의 인사에 분주하던 여섯 사람의 시선이 일제히 움직였다.

"네, 안녕하세요."

"반갑습니다."

남자들은 가볍게 인사만 하고 말았다.

하지만 안면이 있는 여성 스태프들은 첫날 김두찬과 만났을 때보다 더 살갑게 대했다.

"잘 지냈어요, 두찬 씨?"

"간만이에요."

"두찬 씨~ 보고 싶었어요."

차례대로 심아현, 김유나, 이현지의 말이었다.

다른 두 사람과 달리 김유나는 여전히 무뚝뚝한 표정이었지만, 전보다는 부드러운 분위기였다.

심아현은 붉은색 단발머리였던 것이 오늘은 파란색으로 바뀌었다. 이현지는 분홍색 멜빵바지에 흰 티를 입고 있었다. 저번에는 분홍색 원피스를 입었었는데… 아무래도 분홍색 마니아인 것 같다고 김두찬은 생각했다.

심하연의 호감도는 34, 김유나는 39, 이현지는 43이었다.

저번에는 셋 다 30을 넘지 않았는데 떨어져 있는 사이 호감도가 올라갔다. 김두찬이 모델로 선 옷들이 높은 판매고를 올리며 절로 호감도가 상승한 것이다.

"미연 씨는 아직 안 왔어요?"

그때 봉고차의 조수석 문이 열리며 정미연이 모습을 드러냈다.

"일찍 왔네요."

그녀는 움직이기 편한 캐주얼 복 차림에 운동화를 신고 있었다.

그래도 자체적으로 부티가 나 보이는 건 어쩔 수가 없었다.

"아, 미연 씨. 계셨네요."

짝짝!

정미연이 박수를 치고 소리쳤다.

"모델 왔으니 환복시키고 바로 촬영 들어갈게요."

"네, 사장님!"

심아현이 다가와 김두찬을 봉고차 짐칸으로 이끌었다.

짐칸엔 좌석이 없고, 이동식 옷걸이가 세팅되어 있었다.

"여기서 이 옷으로 갈아입고 나오세요."

"네."

"근데 노래 잘하시던데요? 놀랐어요."

심아현은 그리 말하고서 휙 가버렸다.

김두찬은 동영상의 파급력이 대단하다 느끼며 옷을 갈아입
었다.

*　　　*　　　*

"뭐 하는 거야?"

"광고 찍는 거 같은데?"

"무슨 카메라 달랑 한 대 가지고 광고를 찍냐."

"아니, 텔레비전 CF 말고 잡지 광고."

"그런가?"

"못 보던 얼굴인데. 신인 모델인가 보네."

"아… 나 저 사람 어디서 본 것 같은데."

"오빠! 그 사람이다. 비현실 친오빠!"

"아, 그 노래 찍었던!"

김두찬의 촬영은 벌써 세 시간째였다.

촬영하는 시간이 길어질수록 점점 그의 주변에 구경꾼들이 모여들고 있었다.

그중 대부분은 여자들이었다.

간혹 보이는 남자들은 여자친구에게 이끌려 어쩔 수 없이 구경하고 있는 처지였다.

"이번엔 백팩 메고 자연스럽게 걸을게요!"

이현지가 웃음기 섞인 목소리로 신나게 말했다. 그녀는 항상 미소를 달고 일을 했다.

김두찬이 시키는 대로 걸었다.

처음에는 어색했는데 시간이 지날수록 익숙해지고 있었다.

그만큼 김두찬의 연기도 자연스러워졌다.

찰칵! 찰칵!

이현지가 열심히 카메라 셔터를 눌러대고 김유나가 카메라 앵글에 서 벗어나 반사판을 이리저리 움직였다.

이것저것 포즈를 취하는 김두찬의 눈에 보너스 포인트를 얻었다는 메시지가 쉴 새 없이 올라갔다.

공원에 나와 있는 수많은 사람들이 잠시 멈췄다가 떠나가고 하면서 세 시간 동안 얻은 직접 포인트가 무려 348이었다.

촬영은 두 시간이 더 지나서야 겨우 끝이 났다.

김두찬은 그동안 91 직접 포인트를 더 얻었다.

이로써 누적된 직접 포인트는 1,248, 오늘 더 적립할 수 있는 직접 포인트는 372가 남았다.

"고생하셨습니다!"

"고생하셨어요!"

"두찬 씨, 고생했어요!"

스태프들이 서로 인사를 건네며 박수를 쳤다.

정미연이 김두찬에게 다가와 물을 건네주었다.

"고생했어요."

"아네요, 스태프 분들이 더 고생했죠."

"그런데 상당히 빨리 적응하는 거 본인은 알고 있는지 모르겠네요."

"제가요?"

"이제는 너무 자연스러워요. 고작 현장 두 번 뛴 초보 같지 않아요."

"감사해요. 스태프분들이 워낙 편하게 해주셔서 그런 것 같아요."

"우리 스태프들 이현지 씨 빼고 모델들 돌멩이처럼 보기로 유명한데 두찬 씨한테만큼은 살갑네요. 나도 그게 미스터리해."

김두찬은 그런 줄 전혀 몰랐다.

하나같이 김두찬을 알게 모르게 신경 써줬기 때문이다.

띠리리리리링—

그때 정미연의 스마트폰이 울었다.

그녀가 발신자를 확인하고서는 전화를 받았다.

"무슨 일이에요, 성현 씨. 그럴 예정이었지만 우리 쪽에서 전속 모델을 한 명 더 채용하는 바람에 오실 필요 없게 됐어요. 어제 문자 드렸을 텐데요. 억울할 거 없어요. 먼저 상황 난감하게 만들었던 건 그쪽이고, 그 바람에 우리는 황금 알 낳는 거위를 만났죠. 방금 욕하셨나요? 혼잣말? 우리 인연이 이런 식으로 끝나네요. 앞으로 이 바닥에서 만나지 말아요. 험한 꼴 당할 테니까. 수신 차단할게요."

'성현?'

그제 잠깐 집에 찾아왔던 엄마 친구 아들과 이름이 같았다.

김두찬은 재미있는 우연이라고 생각했다.

설마 그 성현과 이 성현이 동일 인물일 것이라고는 전혀 짐작 못 했다.

"철수합시다!"

남자 스태프이 소리쳤다.

어느덧 현장 정리가 끝나고 모든 장비와 옷가지가 봉고차에 실렸다.

남자 스태프들은 봉고차에, 여자 스태프들은 정미연의 세단에 나누어 올라탔다.

"두찬 씨는 이후 스케줄 어떻게 돼요?"

"네? 그다지……."

"집에 가실 거면 역까지 태워다 드릴까요?"

"아뇨. 코앞인데요 뭐. 나온 김에 바람 좀 쐬다가 들어갈게요."

"그러도록 해요. 다음 촬영은 금요일 쯤 될 거예요."

"아, 그날은 과 엠티가 있는데요."

"그럼 주말이나 다음 주 월요일 날 하죠. 실내 촬영이에요. 다시 연락드릴게요."

정미연은 지극히 사무적인 말을 마지막으로 바쁘게 자리를 떠났다.

그녀가 모든 세단의 조수석에 탄 이현지가 창문을 내리고 손을 흔들었다.

김두찬도 마주 손을 흔들어줬다.

두 대의 차가 전부 떠나고 김두찬은 슬슬 산책을 즐기려 했다.

그런데.

'으음.'

세 사람 정도가 여전히 김두찬의 근처에서 머뭇거리며 떠나질 않았다.

한데 그중 한 여인이 다가와서는 수첩과 펜을 내밀었다.

"저기… 혹시 사인 한 장 부탁드려도 돼요?"

상상도 못 했던 얘기에 적잖이 놀란 김두찬이 크게 뜬 눈을 깜빡였다.

"제, 제 사인이요?"

"네."

"저… 사인 같은 게 없어요. 그리고 일반인인데요."

"에이~ 비현실 친오빠가 어떻게 일반인이에요. 내 친구들은 모두 알고 있는데. 오빠 유명인이에요!"

"제가요?"

"네! 그러니까 사인이요!"

김두찬이 얼떨결에 펜과 수첩을 받아들었다.

그러고는 빈 페이지에다가 자기 이름을 정자로 적어서 넘겨줬다.

그걸 받은 여인이 좋아하며 인사했다.

"고마워요, 오빠! 응원할게요!"

여인은 신나게 손을 흔들며 떠나갔다.

'내가 사인을… 했어?'

태어나 평생 처음으로 남에게 해준 사인이다.

그런데 기분이 나쁘지는 않았다.


＊　　　＊　　　＊


한강변을 산책하던 김두찬은 목이 타 근처 카페에 들어섰다.

딸랑.

"어서 오세! …요."

카운터에 있던 여종업원이 카페에 들어서는 김두찬을 보며 인사를 하다가 굳었다.

그녀는 진심으로 연예인이 들어오는 줄 알았다.

그녀뿐만이 아니었다.

카페를 절반이나 채우고 있던 손님들 모두 김두찬을 보며 할 말을 잃었다.

김두찬은 또 한 번 28이나 되는 직접 포인트를 얻었다.

물론 호감도가 마이너스로 추락하는 이들도 있었다.

애인과 카페에 온 남자들이었다.

그런데 딱 한 명.

김두찬이 들어오거나 말거나 신경도 쓰지 않고 자신의 일에 몰두한 여인이 있었다.

싱글 테이블 위에는 일회용 테이크아웃 잔이 여덟 잔이나 널려 있었다.

그리고 그사이에 아슬아슬하게 노트북이 놓여 있었다.

이 카페는 도난을 우려해 머그컵을 사용하지 않기에 벌어진 일이었다.

여인은 아이스 아메리카노가 반 정도 남은 잔을 들어 쪽쪽 빨더니 심각한 얼굴로 타자를 두들겨 댔다.

타다닥. 타닥.

그러다 뭐가 잘 안 풀리는지 고개를 절레절레 저으며 크게 한숨을 내쉬었다.

"하아아."

김두찬은 카운터로 다가가 메뉴를 주문하려다 말고 무심코 그 여인을 쳐다봤다.

그런데.

"어?"

머리 위에 뜬 호감도 수치가 60이다.

김두찬의 시선이 자연스레 아래로 내려갔다.

백설같이 하얀 피부에 작은 얼굴, 오목조목 예쁜 이목구비에 짧게 커트한 단발머리가 잘 어울리는 그녀는 미러클 길드의 원톱 미모 채소다였다.

"채… 소다 씨?"

자신을 부르는 목소리에 채소다가 고개를 들어 김두찬을 바라봤다.

"네. 채소답니… 두찬 오빠?"

"아니오. 오빠 아니고 동생인데요."

"잘생기면 오빠죠."

"아… 하하. 근데 이 근처 살아요?"

"서식지가 근처에 있거든요."

"그렇구나. 카페에는 무슨 일로 왔어요?"

김두찬의 물음에 채소다가 화들짝 놀라 노트북을 확 덮었다.

"아무것도 아니에요!"

"아… 네. 이 컵은 다 뭐고요?"

그러자 채소다는 테이블에 널린 빈 잔들을 보고서 화들짝 놀랐다.

"엑? 이걸 다 내가 이랬다고요?"

"그렇… 겠죠?"

"와아, 뭔가 뿌듯하다."

찰칵!

채소다가 스마트폰을 꺼내 테이블을 찍었다.

'역시 엄청 특이해.'

김두찬이 그 모습을 보고 저도 모르게 픽 웃었다.

바로 그때였다.

그의 눈앞에 마지막 다섯 번째 퀘스트가 나타났다.

『호감 받고 성공 더!』 3권에 계속…